KB164717

어차피 태어난 거, 한 번쯤은

최주희 변호사 자서전

어차피
태어난 거,
한 번쯤은

최주희 지음

한국의 '오히라 미쓰요' 최주희 변호사. 홀어머니 슬하에서 가난과 역경을 뚫고
불량 학생을 거쳐 사법시험에 합격 홀로서기에 성공하기까지

이 책에 보내는 찬사

필자가 최주희 변호사를 대학원 제자로 받아들이면서, 당시에 나도 모르게 떠오른 글귀가 있었다. 그것은 맹자(孟子)의 한 구절로, "天將降大任於是人也(천장강대임어시인야), 必先(필선), 苦其心志(고기심지), 勞其筋骨(노기근골), 餓其體膚(아기체부), 空乏其身(공핍기신), 行拂亂其所爲(행불란기소위), 所以動心忍性(소이동심인성), 曾益其所不能(증익기소불능)"이란 문장이다(告子章句 下 15). 이를 풀이하면, "하늘이 장차 그 사람에게 큰 사명을 주고자 할 때는, 반드시 먼저 그의 마음과 뜻을 흔들어 고통스럽게 하고, 몸을 힘들게 하고, 그 육체를 굶주리고 궁핍하게 만들고, 그가 하고자 하는 일을 흔들어 어지럽게 하나니, 그것은 인내로써 성품을 담금질하여, 일찌기 할 수 없었던 사명을 능히 감당할 수 있게 하기 위함"이라는 뜻이다.

최 변호사는 성장과정에서 위의 구절을 몰랐을 것이다. 그러나 현재의 시점에서 보면, 그녀가 살아온 과정은 위의 문장과 거의 일치하는 행보를 보이고 있다고 생각된다. 최 변호사가 감내하기 어려운 어린 시절을 보내면서도, 오늘날과 같은 성장을 이루어낸 것은 어쩌면 타고난 심성의 덕분인지도 모르겠다. 이 시대의 젊은이가 최 변호사와 같은 인생행로를 거치는 것은 쉬운 일이 아니기 때문이다.

아픔을 겪어본 자만이 그 아픔의 실체를 이해할 수 있다. 나아가 아픔을 겪고 있는 사람에게 진심으로 치유의 손길을 내밀 수 있다. 힘들고 소외된 사람들을 위하여, 현재 그녀가 그들에게 베풀고 있는 실천행위들을 보면 더욱 공감할 수 있다. 판에 박힌 좋은 말이나 종교적 위로를 통해서는 당사자가 처해있는 현재 상황의 해결에 도움을 주는 것이 쉽지 않기 때문이다.

불교의 교의에 따르면, 세상 모든 것은 연기(緣起)한다. 세상만사가 나의 조건인 인(因)과 나 이외의 조건인 연(緣)의 결합으로 생멸한다는 진리이다. 이는 연(緣)이 좋지 않더라도 인(因)을 키우고 강화하면 결과는 바뀔 수 있다는 희망의 메시지이다. 이런 의미에서 최 변호사가 펴낸 자서전인 『어차피 태어난 거, 한 번쯤은』의 생생한 내용들은 인(因)을 키워 연(緣)을 극복한 사례로 보아도 좋을 것이다. 따라서 현재 어려움에 처해있는 청소년들에게 모진 세파를 헤쳐나갈 수 있는 용기와 더불어 따스한 위로가 될 수 있다고 생각된다. 책의 뒷면에 적혀 있는 "함께 잘사는 사회를 위하여"라는 그녀의 선언이 진심이라는 느낌을 받으며, 자신 있게 독자들의 일독을 권한다.

김문재
경북대학교 법학전문대학원 교수

가난과 시련을 극복한 이야기는 곧잘 '노력하면 불가능은 없다'면서 개인만의 고충을 무시하지만 이 책은 다르다. '나보다 힘들어?'라고 하지 않고 사회가 자신을 어떻게 괴롭혔는지를 차분하게 알려준다. 힘들었던 자신의 삶 안에서, 힘들어하는 타인을 외면하지 않는 이유를 알았기에 가능했을 거다. 묵묵히 전진하며 '함께 잘 사는 사회'를 희망하는 저자의 바람이, 지쳐있는 사람들에게 선한 자극제가 되었으면 좋겠다.

오 찬 호

작가, 사회학자

양육(養育)비는 아동을 지켜주지 못했다. 홀어머니 밑에서 변호사로 자란 저자도 마찬가지였다. 저자가 어른이 되기 전까지, 어쩌면 2024년 현재까지도, 한국 사회에서 양육비는 그런 존재다. 이혼 후 홀로 자녀의 양육과 생계를 책임지는 한부모가정이 151만에 달하는 현실이 이를 뒷받침한다.

저자는 부모의 이혼을 겪어야 했던 아동 당사자로서 어린 시절 상처를 담담하게 성찰한다. 그리고 어른이 되어, 혼자서 자신을 키웠던 어머니의 모습을 진지하게 되돌아본다. 이혼 후 전 배우자가 주는 양육비 없이 홀로 양육을 책임지는 경제적 부담, 자녀를 바르게 성장시키고 안전하게 보호하려는 무거운 책임감, 매 순간 자신보다 자식이 먼저였을 희생정신까지.

어려운 가정환경에도 불구하고 우리 사회의 한부모가정에 대한 편견과 차별에 맞서 꿋꿋하게 삶을 개척한 최주희 변호사의 성장 스토리 『어차피 태어난 거, 한 번쯤은』에는 한부모가정이라면 누구나 공감하고 이해할 수 있는 아픔과 상처, 슬픔과 기쁨이 생생하게 담겨 있다.

반항하듯 일탈을 꿈꿨던 청소년기도 있었지만 거친 풍랑이 선원을 훈련시키듯, 힘든 환경은 일찍이 저자를 강인하게 성장시켰다. 훌륭한 법조인으로 성장하여 사회적 약자들을 위한 활동을 펼쳐나가는 저자의 솔직 담백한 고백이 눈물겹다. 불안정한 가정환경으로 방황하는 청소년 또는 청소년 자녀를 둔 한부모가정의 아이들과 양육자에게 반드시 추천하고 싶은 책이다.

이 루 리
사단법인 양해연(양육비해결총연합회) 부대표

인생은 오직 한 번뿐이다

YOLO(욜로)는 You Live Only Once의 약자로, '인생은 오직 한 번뿐'이라는 의미를 가지고 있다. 그런데 많은 청춘들이 이 말을 '후회 없이 즐기고, 소비하자'는 뉘앙스로 받아들이고 있다.

한 번뿐인 인생이 맞긴 하다. 하지만 그렇다고 흥청망청 낭비하라는 의미는 아니다.

오히려 더욱 소중하게 인생을 아껴야 한다. 한 번뿐인 인생이니 내실 있게 자신의 삶을 돌보고, 노력하며 포기하지 말자는 의미로 받아들이는 게 맞다고 생각한다.

나의 인생을 차분하게 되짚어보면, 나 스스로는 그렇게 특별하다고 생각하지 않는다. 지금은 그럭저럭 거창해 보일지 몰라도, 조금만 거슬러 올라가면 거친 들판에서 아무렇게나 자란 잡초에 불과했다. 조금 거칠게 비유하자면 '똥개로 태어나, 야생의 들개로 떠돌다, 좋은 기회를 만나 잘 배운 투견이 되었다'고 볼 수 있다.

힘들고 각박한 환경에서 남들과 다르게 살아오긴 했으나, 아마도 나와 같은 환경에 놓였다면 누구라도 그렇게 살아오지 않았을까, 라고 생각하기도 한다. 현재의 나는 쑥스럽지만 스스로 이뤄낸 것들이 몇 가지 있다. 그리고 그러한 성취를 얻기 위해 남들보다 더 많이 노력하고, 고군분투한 것도 사실이다.

그러나 내가 지금 가진 것들, 지금의 나를 지탱하는 모든 것들은 내가 나의 삶을 포기하지 않았고, 살아내야 했기 때문에 얻을 수 있었다.

이유는 모르겠으나 어차피 태어났고, 살아가야 하니까. 살아야 한다면 한 번쯤은 정말 최선을 다해 부딪혀보자는 결기로 일궈낸 삶의 열매들이다. 그렇게 치열하게 버둥거리면서 얻은 산물이 현재의 나를 만들었고, 많은 것들을 깨닫게 해주었다.

그리고 어느덧 불혹의 나이를 앞둔 시점에 지금의 청년들을 보면 안타까운 마음이 든다. 물론 꿈꾸는 것조차 사치로 느껴지는 냉엄한 현실이지만, 너무 빨리 포기하고 오늘만 살면 그만인 것처럼 소중한 청춘을 낭비하는 사회 풍조가 만연해지고 있다.

내 삶은 누구도 대신 살아주지 않는다. 나의 삶은 나만이 구할 수 있고, 그 과정에서 느낄 수 있는 환희와 고통도 모두 나의 몫이다.

인생은 불공평하다. 타고난 환경과 외모부터 각기 다 다르다. 하지만 저마다 가진 능력을 바탕으로, 자신이 노력하는 만큼의 결과를 얻는 공정함은 기대할 수 있다. 우리는 그런 공정한 세상과 사회를 지향해야 하며, 이는 기성세대의 몫이다. 하지만 스스로 포기하는 사람은 그 누구도 구할 수 없다. 인간은 본래 본인만이 스스로를 구원할 수 있다.

나는 불공평한 사회 밑바닥에서 태어났지만, 공정함의 수혜를 입어 지금까지 버티며 살아왔다. 그렇기에 내가 견뎌온 시간과 경험을 통해 포기하지 않고 앞으로 나아간다면 좋은 기회와 인연을 만나고, 지금까지와는 전혀 다른 삶을 살 수 있다는 말을 전하고 싶었다.

이 글이 미약하나마 꿈과 희망의 끈을 붙들고 살아가는 사람들에게 새 힘을 얻게 해주는 원동력이 되길 바라는 마음으로, 부끄럽지만 나의 인생을 글로 남긴다.

2023년 12월

최주희

[목 차]

아찔한 운명 속에서
PART 1

격랑의 파도를 헤치고

PART 2

더 나은 삶을 향하여

PART 3

아찔한 운명 속에서

1. 파란색 연필깎이

오늘도 많은 생명이 축복과 격려 속에 세상에 태어난다. 저출산 시대로 접어든 지금은 물론이거니와, 예전에도 한 생명의 탄생은 집안에서 빼놓을 수 없는 경사였다. 부모와 집안 어른들은 애정이 가득한 눈길로 아이를 쳐다보며 그 순백의 무한한 잠재력에 기대를 걸고, 사랑을 듬뿍 안겨줄 것이다.

하지만 불행하게도 이 세상 한구석에는 환영받지 못하는 아이들이 존재한다. 태어나는 순간부터 엄청난 차별을 받으며 혹독한 환경에 그대로 내동댕이쳐지지만, 아이에게는 아무런 선택권이 없다. 자신이 어쩌지 못하는 가혹한 운명을 그대로 받아들이는 수밖에.

나는 후자였다. 환영받지 못하는 아이.

나는 1984년 4월 18일, 경북 구미시의 한 산부인과에서 태어났다. 훗날 어머니께 전해 들은 바로는 빨간 벽돌로 지어진 작은 병원이었다고 한다. 출산 후 병원에서 산후조리를 하는 게 순리이지만, 어머니는 나를 낳은 지 세 시간 만에 혼자서 병원을 나와야 했다. 이유는 오로지 하나였다. 내가 딸이었기 때문이다.

"계집을 낳아놓고… 뭘 잘했다고 병원에 누워있어!"

지금은 어림도 없는 소리지만 1980년대 초반만 해도 성차별이 극심했다. 남존여비 사상에 뿌리내린 남아선호 현상이 기승을 부리던 시기다. 그렇게 나는 축하와 환호 대신 실망과 한숨 소리를 들으며 태어났다. 단지 여성이라는 이유로 말이다. 그때는, 그런 시절이었다.

불행은 여기서 그치지 않았다. 우리 집은 찢어지게 가난했다. 가난은 천형(天刑)이라지만 겪어보지 않은 사람은 모른다. 지독한 가난이 주는 고통의 깊이를 제대로 가늠하기 어렵다. 가난은 깊은 어둠이고, 끝이 보이지 않는 블랙홀이다. 수많은 사람이 그 끝에 매달려 허우적거릴 뿐 좀처럼 헤어나오지 못한다.

미당 서정주(1915~2000) 시인은 자신의 대표작 '자화상'에서 "스물세 해 동안 나를 키운 건 팔 할이 바람"이라며 "세상은 가도 가도 부끄럽기만 하더라"라고 했다. 한창 감수성이 예민하던 학창 시절에 이 시를 읽으며 몇 번이나 눈물을 쏟았을까. 이루 말할 수 없다. 시인의 마음에 공명한 이유는 내가 바로 그 천덕꾸러기였기 때문이다.

아직도 어머니 등에 업힌 나를 바라보던 친할머니의 싸늘한 눈빛이 잊히지 않는다. 괜히 태어나서 어머니를 힘들게 하는, 불필요한 혹이자 짐덩이를 바라보는 차가운 시선이었다. 태어나던 순간부터 나는 그런 존재였다. 세상은 나를 부끄러워했고, 나도 세상이 부끄러웠다.

어머니는 지독하게 가난한 집안의 딸이었다. 친가도 그리 유복하지 않았다. 하지만 그들은 외가의 가난함을 비웃고, 멸시했다.

"니가 우리 집 쌀을 친정에 빼돌렸지? 이래서 없는 집 여자는…"

고모가 이렇게 소리치자 호락호락하지 않은 어머니도 곧바로 맞받아쳤다. 하루가 멀다 하고 주방에서 접시 깨지는 소리가 들렸다. 가난과 불화로 늘 고성과 욕설이 오갔기 때문에 집안 분위기는 언제나 살얼음판이었다. 어린 나는 숨을 죽인 채 작은 몸을 웅크리며 빨리 폭풍 같은 시간이 지나가기만 바랐다.

내 기억 속의 아버지는 그렇게 나쁜 사람이 아니다. 적어도 내게는 말이다. 2살 때 나를 무릎에 앉혀놓고 『곰돌이 푸』 동화책을 읽어주시던 모습이 어렴풋이 생각난다. 한국 나이로 네 살, 만 나이로 세

살 즈음 인근의 유치원을 다니던 나는 아버지의 이름으로 글자를 쓰고 외우며 한글을 익혔다.

그러나 아버지는 유약하고 무능력했다. 흐린 날의 안개처럼 늘 애매모호했다. 강단 있게 세상을 돌파하기에는 부족함이 많았다. 돌이켜보면 아버지 또한 지독한 염량세태와 인습에 휘둘리던, 그저 그런 가엾은 필부가 아니었을까, 하는 생각이 든다.

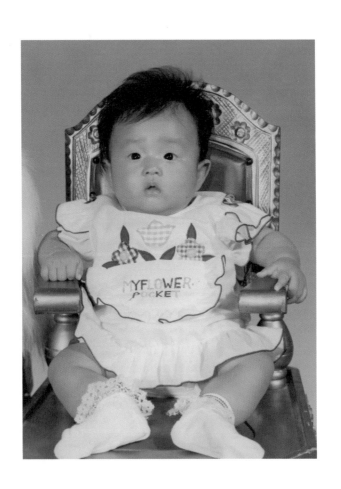

더 이상 부부 인연을 이어갈 수 없었던 아버지와 어머니는 마침 내 이혼을 선택하고, 서로 갈 길을 찾아 떠났다. 서울올림픽을 성공 리에 치러 온 나라가 들떠 있었던 무렵이었다. 어른들의 잘못된 선택 으로, 어린 나는 내 의지와 무관하게 또다시 생의 절벽으로 내몰렸 다. 가정이 해체되는 어수선한 갈림길에서, 나는 떨쳐버리고 싶은 짐 에 불과했다. 거친 풍랑이 선원을 훈련시키듯, 힘든 환경은 사람을 조숙하게 만든다. 아주 어린 나이에 불과했지만, 나도 내가 어떤 상 황에 놓여 있는지 똑똑하게 인지하고 있었다.

이혼한 어머니는 생계를 위해 양품점을 내고 서울에서 물건을 떼 어다 팔았다. 하루 종일 바깥일을 봐야 했기에, 나는 구미 선산에 있 는 외갓집에 맡겨졌다. 외숙모가 읍내에서 작은 미용실을 운영했는 데, 그곳에 덩그러니 맡겨진 나는 주로 혼자서 시간을 보냈다. 이때 의 시간은 인생을 조금씩 조이듯 천천히 흘렀다. 나는 항상 주변의 눈치를 살폈고, 어른들의 기색 변화에 예민하게 반응했다. 언제든 쫓 겨나고 버림받을 수 있다는 두려움 때문이다. 다섯 살배기 어린이가 감내하기는 버거운 일이었다.

이혼한 후에도 아버지는 몇 번인가 몰래 나를 찾아왔다. 그래도 딸이 그리우셨던 것 같다. 하지만 그때도 아버지가 나를 찾아왔다는 사실을 누구에게도 알리면 안 된다는 사실을 직감적으로 알고 있었 다. 그렇게 나는 말하는 법을 다 익히기도 전에, 침묵하는 법부터 배왔다. 아버지는 종종 나를 데리고 공원이나 유원지를 찾았다. 하지만 어느 날부터인가, 더 이상 찾아오지 않았다.

"쟤 아빠 말이야, 재혼했다던데?"
"어머머, 정말? 아들 낳으려고?"
"그런가 보지. 에휴, 쯧쯧"

외숙모의 미장원에 앉아있던 나는 어느 날 동네 아주머니들이 모여 수군거리는 소리를 들었다. 끌끌 혀를 차는 소리도 함께였다.

'그랬구나… 그렇구나…'

원망은 없었다. 내가 딸이라는 게 이혼의 원인이었다는 것도 알고 있었고, 언젠가는 다가올 그의 선택을, 나의 미래를 이미 짐작하고 있었던 터였다. 그 말을 들은 이후로는 나도 아버지를 기다리지 않았다. 마음을 빨리 정리할 줄 알아야 더 비참해지지 않는다. 이것은 어린 나이에 상처를 받지 않기 위해, 스스로 마음을 지키고자 선택한 방편이었다.

한 번은 아버지가 나를 찾아왔을 때, '샤파'라고 불리던 파란색 연필깎이를 사주신 적이 있다. 나는 그걸 고등학교 1학년 때까지 소중하게 간직하고 있었다. 이미 끊어진 인연이었지만, 그 연필깎이는 아버지와 나를 아주 가늘게나마 이어주던 마지막 남은 실오라기였다. 그런데 어느 날 친구에게 연락이 왔다.

“주희야, 너 혹시 구미역 인근에서 스티커 사진 붙인 적 있나?”

2000년대 초반에는 한창 스티커 사진이 유행했다. 그 시절 중·고등학교를 다닌 사람은 누구나 한 번쯤 스티커 사진을 찍어봤을 것이다. 하지만 나는 스티커 사진을 찍을 돈도 없었고, 어쩌다 친구들과 찍는다고 해도 한두 번에 그쳤을 뿐 즐겨 촬영하지 않았다. 그러니 어딘가에 스티커 사진을 붙여놓는 일은 내 성격에도, 상황에도 있을 수 없었다.

“아니. 그런 적 없는데. 갑자기 왜?”
“구미역 앞에 편의점에 스티커 사진 붙여놓는 데 있잖아? 거기에 너랑 똑같이 생긴 사람 사진이 붙어있길래 깜짝 놀라서. 너 아니면 진짜 도플갱어다. 진짜 넌 줄 알았다.”

친구의 말을 듣는 순간 어쩌면 아버지의 다른 딸이 아닐까, 라는 생각이 스쳤다. 직감적인 촉이었다. 혹시나 하는 마음에 남몰래 가족관계등록부를 떼어봤다. 아니나 다를까 아버지 호적에 나 말고 다른 딸이 있었다. 왠지 모를 배신감이 밀려왔다. 아들이 있을 거라고는 짐작했었다. 하지만 딸이 있을 것이라는 건 전혀 생각지 못했다.

인연은 끊었지만 그래도 그때까지는 내가 아버지의 유일한 딸이라고 믿고 있었다. 내가 딸이어서 어머니와 이혼을 했고, 후사를 위해 아들을 낳으려 재혼했으니 아들만 낳았을 것이라고 생각했다. 하지만 무릎에 앉혀두고 자상하게 동화책을 읽어주는 아버지의 애정을 받는 '딸'은 내가 유일한 존재라 믿고 싶었던 것인지도 모르겠다. 또래에 비해 조숙했다고는 하지만, 미처 거기까지는 생각해보지 못했다.

가족관계등록부를 확인한 날 나는 파란색 연필깎이를 미련 없이 쓰레기통에 버렸다. 마지막 순간까지 내 마음에 남아있던 가느다란 끈이 끊어지고 말았다. 그리고 더 이상 이어지지 않았다.

2. 괜찮아, 다 지나갈 거야

처음 자살을 생각한 건 초등학교 4학년 무렵이었다. 아직 삶이 무엇인지 깨치지도 못하는 나이지만, 나는 죽음부터 떠올렸다. 친구들이 해맑은 표정으로 운동장에 앉아 '까르르' 웃을 때 나는 홀로 깊은 심연 속을 헤매고 있었다.

그저 원망뿐이었다. 부모님의 이혼과 지독한 가난, 그리고 친척 집에 얹혀사는 더부살이 생활을 통해 나는 내가 남들과 다르다는 사실을 자연스레 깨달았다.

'나는 왜 남들과 환경이 다를까. 왜 이 상황을 견뎌야 하는가. 삶은 왜 나에게만 이렇게 가혹한가.'

그냥 사는 게 싫었다. 일상이 고통의 나날이었고, 온통 상처투성이었다. 그나마 다행이라면, 당시는 너무 어려서 죽을 방법을 구체적으로 찾지 못했다는 점과 나 때문에 고생하고 있던 어머니가 눈에 밝혔다는 점이다.

모든 것이 새롭고 아름답게 다가와야 하는 소년의 시기에, 내 마음은 온통 어두침침하고 음울한 생각으로 가득 차 있었다.

초등학교 2학년 때부터 나는 혼자 밥을 해 먹고, 청소를 하고, 잠자리에 들었다. 홀로 있는 시간이 익숙했다. 어머니는 생계 때문에 바빴고, 늘 집에 없었다. 아침에 일어나면 등에 땀띠가 나도록 주무시기만 했다. 나는 그런 어머니를 깨우지 않기 위해 살금살금 까치발로 걸어 다니며 혼자 가방을 챙겨 학교에 갔다. 신학기에 급우들이 새로운 학용품과 장난감을 가져와 자랑할 때마다 나는 주눅이 들었지만, 기죽지 않으려고 애서 태연한 척을 했다.

일이 없는 날이면 어머니는 항상 절에 가 계셨다. 절에서 불공을 드리고 안팎살림을 돌봤다. 훗날 어른이 된 후에는 나도 부처님의 가르침을 따라 불교를 마음의 안식처로 삼는 불자(佛者)가 됐지만, 그때는 어머니를 절에 빼앗겼다고 생각했다. 어머니는 항상 내 주변에 없었다. 어린아이에게 부모의 부재는 대체할 수 있는 게 없다. 막막하고, 외로운 생각이 나를 잠식했다.

'잘 키울 자신도 없으면서 대체 왜 날 낳은 거지?'

터덜터덜 버스를 타고 가던 3학년 어느 날의 기억이 떠오른다. 그 날은 내 생일이었다. 하지만 갈 곳이 없었다. 평범한 가정에서는 생일선물과 함께 많은 축하 인사를 받겠지만, 가족이라는 개념이 내게는 굉장히 낯설게 다가온다. 내 기억 속의 집은 스위트홈(sweet home)이 아니다. 깨지고 부러진, 공허하고 삭막한 공간이었다.

그날 나는 집이 아닌 외숙모 댁으로 발길을 돌렸다. 항상 생계에 허덕이며 한숨을 내쉬고 힘겨워하는 어머니와 그 모습을 보며 아무렇지 않은 척 숨죽인 듯 머물러야 하는 나의 집은 죽어도 가기 싫었다.

발길을 돌이켜 탄 버스의 차창 너머로 논두렁이 끝없이 이어지고 있었다. 버스 위에는 손잡이가 차량 진동에 맞춰 조금씩 흔들렸다. 버스가 역에서 정차할 때마다 매캐한 매연 냄새가 조금씩 차량 내부로 흘러들었다. 학교에서 외숙모 댁까지 버스를 타고 가면 대략 45분이 걸렸다. 지금 봐도 꽤 긴 거리다.

그런데 어느 시점에 시간의 흐름이 잠시 멈춘 것처럼 느리게 흘러가기 시작했다. 공간 너머의 소음도 점차 멀어져 갔다. 버스의 진동조차 가물가물해졌다.

〈이대로 세상이 멈추었으면…〉

알고 있었다. 그렇게 집으로 가지 않고 외숙모에게 가는 나의 발걸음이 어쩌면 어머니에게는 배신감이나 상처로 다가갈 수도 있음을. 그리고 그날 저녁, 어머니에게 크게 혼날 수도 있다는 사실을 알면서도 끝내 집을 등지고 말았다.

그동안 남편도 없고, 돈도 없고, 아들도 없다고 멸시받는 어머니에게 적어도 나만큼은 부담이 되지 않게 착한 딸인 척 연기했다. 착실히 공부하고 아파도 힘들어도 겉으로 티 내지 않고 괜찮은 척 감정을 숨기는 법부터 배웠다. 그렇지만 적어도 그날은 그럴 수 없었다. 어머니 말고는 그 누구도 원하지 않았지만, 그래도 내 생일이었다. 내가 세상에 꺼내어진 날이었다.

나는 시간과 공간으로부터 서서히 분리돼 고립되었다. 그 찰나의 순간에 마음속 깊은 곳에서부터 아주 지독한, 그리고 싸늘한 무언가가 올라오기 시작했다. 끈적한 석유처럼 찐득하고 검은 액체가 온몸을 휘감는 듯했다. 그것의 정체는 '고독함' 그 자체였다. 깊은 절망감이 세상과 부모에게 버림받고, 떠돌고 있던 나를 덮친 것이다.

이 철저한 외로움은 말로 표현하기 어려울 정도로 고통스럽고 난해하다. 겪어보지 않은 사람은 절대로 알 수 없다. 색상으로 표현하자면 마리아나 해구(海溝)의 끝에 자리 잡은 블루홀처럼 짙은 곤색이었다. 지옥 같은 현실이 무거운 닻처럼 매달려 어린 나를 깊고 깊은 심해로 끌고 가고 있었다. 누구도 나를 구하려 하지 않았고, 나 역시도 스스로를 구할 수 없었다. 살을 에는 듯한 차가운 고독이었다.

어린 나는 그 거멓고 끈적한 고독을 떨쳐내기 위해 몸부림쳤다. 식은땀이 줄줄 흘렀다. 이윽고 다시 정신을 차렸지만, 그날 느낀 철저한 고독을 영원히 잊을 수 없다. 어린 소녀가 겪기에는 견디기 힘든 감정이었다.

어느 정도 성공을 거둔 후에 "과거로 돌아가 유년 시절의 당신과 마주한다면 어떤 말을 건네겠습니까?"라는 질문을 받은 적이 있다. 나는 그날의 서글픈 기억을 떠올리며 이렇게 말해주고 싶다.

"괜찮아. 다 지나갈 거야. 시간은 정직하게 흘러가니까. 다만 네가 선택하는 방향으로 흘러갈 테니, 항상 눈 똑바로 뜨고 잘 선택해야 해. 그리고 절대 포기하지 마."

하지만 어린 나를 안아주지는 않을 것이다. 그것은 스스로 버텨내야 할 몫이다. 무언가를 의지하면 안 된다. 누구도 나를 끝까지 돌봐줄 수 없다. 인생은 혼자 견뎌내고, 극복해야 한다. 등을 토닥토닥 두드려주는 게 그 시절의 나에게 해줄 수 있는 모든 것이다.

빛바랜 사진 한 컷으로 남은 유년 시절. 왼쪽에서 두 번째가 필자.

3. 너희는 뭐 이런 애를 뽑아놨어?

하늘이 무너져도 솟아날 구멍은 있다.

가혹한 운명에 내동댕이쳐진 삶이었고, 어머니에게도 그 시절은 혹독한 시기였을 것이다. 하지만 감사하게도 어머니는 자신의 삶과 나에 대한 교육열만큼은 절대 포기하지 않으셨다.

어머니께서도 어린 시절 동네에서 이름나게 공부를 잘했다고 한다. 그러나 남녀가 겸상조차 하지 않던 친가와 마찬가지로, 남존여비 의식이 철저한 외갓집 분위기 탓에 대학에 가지 못하셨다. 어머니는 그 한(恨)을 적어도 나에게만큼은 남겨주고 싶지 않으셨던 것 같다. 형편상 남들처럼 살뜰하게 챙겨주진 못했지만, 주어진 여건 속에서 나를 공부시키기 위해 최선을 다하셨다. 그 방법 중 하나가 책을 많이 읽게 해주신 것이다.

혼자 있는 시간이 많았던 내 주변에는 책도 함께 넘쳐났다. 백과사전과 위인전들, 그 외에도 만화책과 다양한 잡지들이 항상 주변에 있었다. 덕분에 나는 세 살 무렵 한글을 깨친 후 어머니께서 구해주시는 새로운 책들을 읽으면서 시간을 보냈다.

어머니의 교육열 덕분에 나는 구미시에서 제법 이름난 '영송유치원'에 입학할 수 있었다. 물론 생계에 고단한 어머니가 나를 직접 돌봐준 시간이 없다는 현실적 문제도 있었지만, 5, 6살 시절에는 제대로 된 유치원에서 교육을 받을 수 있었다. 금오여자고등학교 부설유치원인 그곳에는 야외 수영장이 있었고, 영어와 발레를 가르쳤다. 80년대 말이라는 시대상을 고려한다면 대단히 좋은 교육 환경을 갖추고 있던 셈이다. 어머니는 번호표를 손에 쥐고 새벽부터 줄을 서서 나를 그 유치원에 입학시키는 데 성공했다.

마침 그즈음에 어머니가 운영하던 가게 5층에는 금성출판사라는 회사가 있었다. 당시만 해도 가가호호 방문판매를 하던 금성출판사 외판원들이 어머니 가게에 자주 찾아왔다. 그러자 어머니는 어떻게든 나에게 많은 책을 접하게 하려고, 출판사에 근무하는 아저씨들에게 물어보며 없는 형편임에도 할부로 다양한 전집을 구매해주셨다. 그렇게 나에게 끊이지 않는 지적 샘물을 제공해주신 셈이다. 이렇게 주변에 재미난 책들이 넘쳐난 데다, 소심한 성격 덕분에 친구들과 노는 것보다는 혼자서 책을 읽는 것이 훨씬 더 재미있었다.

영송유치원에 다니던 시절. 뒷줄 가운데 키 큰 아이가 필자.

사람들이 나에게 시험 합격이나 공부 방법에 대해 많이 물어본다. 그런데 되짚어보면 어린 시절 책을 많이 읽으며 '문해력'의 기틀이 자리를 잡은 것 같다.

문해력은 어떤 문서나 글을 읽고 그 의도나 맥락을 이해할 수 있는 능력을 의미한다. 어릴 적부터 워낙 책을 많이 읽다 보니 저절로 문해력이 습득된 셈이다. 이와 함께 책을 읽는 속도도 한층 빨라졌다. 지면 속 문장을 더듬어가며, 평면의 종이에 담긴 이야기를 머릿속에서 3차원으로 상상하고 구조화하는 행위가 나에게는 무척이나 즐거운 놀이였다. 현실은 비록 절벽 위에 놓인 초가삼간처럼 비루했으나, 주변에 즐비한 백과사전과 위인전을 탐독하며 세상과 만물의 이치를 더듬어볼 수 있었다.

이렇게 유치원에서 2년 동안 보낸 후 초등학교 입학 전에는 당시 유행하던 영재학원에 다니게 되었다. 그곳에서는 많은 독서 활동을 통해 습득한 문해력으로 또래에 비해 공부를 잘하고 이해가 빠른, 흔히 말하는 '공부 잘하는 아이'라는 자존감이 형성되었다. 삶에 자신감이 생긴 것이다.

영재학원에서는 기본적인 산수와 주산, 웅변, 구구단까지 배웠는데 그래서인지 초등학교 3학년까지 학교 다니는 게 지겨웠다. 이미 아는 내용을 반복하는 수준에 불과했기 때문이다.

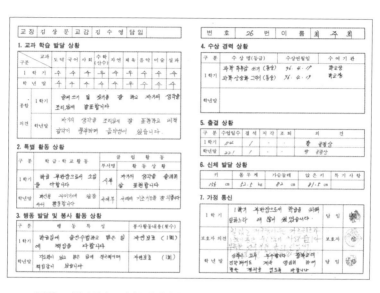

교장	김 상 문	교감	김 수 영	담임	

1. 교과 학습 발달 상황

구분 \ 교과	도덕	국어	사회	수학(산수)	자연	체육	음악	미술	실과
1 학기	수	수	수	우	수	우	수	수	수
학 년 말	수	수	수	우	수	우	수	수	수

종합 의견	1학기	글씨 쓰기 및 짓기를 잘 하고 자기의 생각을 조리있게 발표합니다.
	학년말	자기의 생각을 조리있게 잘 표현하고 미적 감각이 풍부하며 음악성이 있습니다.

2. 특별 활동 상황

구분	학급·학교활동	클럽활동	
		부서명	활동상황
1학기	학급 부반장으로서 소임을 다합니다	서부	자기의 생각을 솔직하고 잘 표현합니다
학년말	과산문 구미가에 앞장 서서 활동합니다	서예부	서예에 기본기능을 잘 익혔습니다

3. 행동 발달 및 봉사 활동 상황

구분	행동특성	봉사활동내용(횟수)
1학기	관공길에 솔선수범하고 맡은 일에 책임을 다합니다	자연보호 (1회)
학년말	지도력이 있고 맡은 일에 적극적이며 책임감이 있습니다	자연보호 (1회)

4. 수상 경력 상황

구분	수 상 명 (등급)	수상연월일	수 여 기 관
1학기	과학 독후감 쓰기 (동상)	96. 4. 19	학교장
	과학 상상화 그리기 (동상)	96. 4. 19	학교장
학년말			

5. 출결 상황

구분	수업일수	결석	지각	조퇴	의 견
1학기	116	1	·	·	항상 쾌활상
학년말	221	1	·	·	항상 쾌활상

6. 신체 발달 상황

키	몸무게	가슴둘레	앉은키	특기사항
156 cm	52.5 kg	82 cm	81.5 cm	

7. 가정 통신

1 학기	1학기 부반장으로서 학급을 위해 애쓰느라 애 많이 썼습니다.	담임
보호자 의견		보호자
학 년 말		담임

초등학교 시절의 성적표. 어려운 환경이었지만 학업에 있어서는 누구에게도 뒤떨어지지 않았다.

초등학교 2학년 때는 어머니께서 생일선물로 『셜록 홈즈』 전집을 주셨는데, 소설 속 상황들과 인물관계, 그리고 범인을 추리해가는 과정이 너무도 재밌어서 몇 번이나 읽었다. 만 7세에 불과했던 나는 살인 사건의 끔찍함보다는 사건 배경으로 나오는 '너도밤나무'가 어떤 나무인지가 더 궁금했다. 그 때문에 혼자 백과사전을 뒤지며 너도밤나무에 대한 내용을 찾아봤던 기억이 난다.

인터넷도, 유튜브도 없었던 시절에 백과사전은 '지식의 보고(寶庫)'였다. 학교에서는 가르쳐주지 않은 온갖 신기한 내용이 빼곡히 나와 있었다. 세계지리와 역사, 생물, 우주과학, 각종 사회과학 지식까지, 돌이켜보면 나는 백과사전에 빚진 게 많다. 두툼한 백과사전은 어두컴컴한 유년 시절을 비춰준 한줄기 등대 같은 존재였다. 요즘은 과거 백과사전의 역할을 인터넷이 대신한다. 16세기 처음 등장한 유서 깊은 브리태니커 백과사전도 위키피디아에 밀려 2012년 생산을 중단했다고 하니, 격세지감이 든다. 한편으로는 섭섭한 마음도 크다.

어려운 형편 때문에 학원을 다닌 적은 드물다. 하지만 내게는 어릴 때부터 독서로 다져진 문해력과 '전과'가 있었다. 90년대에는 전국의 모든 초등학생이 동아전과, 표준전과 등을 보며 공부를 했다. 시험을 치르기 전 전과를 한번 펼치면, 다져진 학습능력과 문해력으로 어느 부분이 시험에 출제될지 눈에 선명하게 들어왔다.

1996년 서울대에 수석 입학한 장승수 변호사가 『공부가 가장 쉬웠어요』라는 책을 출간해 센세이션을 일으킨 적이 있다. 그 당시 학창 시절을 보냈다면 이 책을 읽어보지 않은 사람이 드물 것이다. 제목이 너무 자극적인 것 아니냐는 목소리도 있었지만, 나는 저자의 생각에 십분 공감할 수 있다. 어린 시절부터 생존 기로에 내몰려 "죽느냐, 사느냐"를 따지고 있던 내게 학교 시험과 공부는 아주 쉽고 수월한 과제에 불과했다.

5학년이 되었을 때 나는 친구들에 의해 반장에 뽑힌 적이 있다. 성적이 좋고, 체격도 남달리 좋았기 때문이다. 하지만 여기서도 가정환경이 뜻하지 않게 발목을 잡았다. 당시에는 선생님에게 '촌지'를 건네는 일이 비일비재했다. 반장이나 학생회장 등 학생 임원이 되면 그런 부담은 자연스레 더 커진다. 당연한 말이지만 우리 집은 선생님에게 돈을 건네거나, 학교에 나와 봉사할 여력이 없었다.

"너희는 뭐 이런 애를 뽑아났어?"

선생님이 투덜거렸다. 그 말은 그대로 비수가 되어 내 가슴에 꽂혔다. 당시에는 항의할 생각조차 하지 못하고 고개를 푹 떨굴 수밖에 없었다. 죽고 싶을 정도로 창피했다. 결국 나는 반장에서 부반장으로 강등됐다. 지금 생각하면 어처구니없는 일이다. 하지만 예전에도 그러했듯이 나는 그저 '가난이 죄'라고만 생각했다.

'내가 뭘 잘못했길래 선생님이 이러실까. 내 인생은 왜 이따위지?'

당장 친구들과 비교해봐도 입고 다니는 옷과 신발이 다르고, 학용품과 도시락 달랐다. 학교에서 체육대회를 열면 급우들은 부모님과 가족이 다 함께 찾아왔다. 그리고 화기애애한 분위기에서 선생님들에게 각종 음식과 선물을 전달했다. 하지만 우리 집은 그렇지 못했다. 가족 구성원이 모두 모여 화목하게 지내는 모습은 내게 너무 낯선 광경이었다. '다름'과 '구별 짓기'에 대한 생생한 경험 때문에 나는 차별의 폭력성을 뼛속까지 새기게 되었다.

여자라서, 가난해서, 힘이 없어서 무시당하는 게 지긋지긋했다. 세상은 분명 나를 적대하고 있었고, 운명은 변함없이 가혹했다. 이 시기를 관통하며 나는 '멸시를 당한다'는 감정을 정확히 이해할 수 있었다. 무언가에 대해 '안다'라는 말은 신중하게 해야 한다. '앎'은 피상적 경험이나 추상적 지식으로 습득할 수 있는 게 아니다. 가슴에 사무칠 정도로 시리고 아픈 체험을 통해 그 오롯한 경험과 정서가 내 안에 들어와 있어야 비로소 '안다'라는 표현을 쓸 수 있다. 그리고 그러한 앎이 전제되어야 실천적인 투쟁으로 한 발짝 나아갈 수 있다.

나는 인생의 겨울에 굴복하지 않았다. 굶주림과 폭력이 가득한 황무지에서 살아남고자 치열하게 노력했다. 언젠가는 가혹한 운명을 전복하리라 굳게 결심했고, 분명한 성과를 거뒀다.

변호사가 된 이후 나는 변호사비를 낼 수 없는 사회 약자를 위한 국선 사건을 맡아 최선을 다한다. 때로는 무료로 진행하는 공익소송을 수행하기도 한다. 나를 만난 것 자체로도 인연이 있는 것이다. 그들에게 도움을 베풀라는 의미라고 생각하고, 적어도 돈이 없어서 변호사를 찾지 못하거나 송사에서 패소하는 잔인한 세상이 되지는 않길 바라는 마음에서다. 어떤 사건이든 대충대충 처리한 적은 없다. 내 스스로 만족할 때까지, 그리고 최선의 결과가 나올 때까지 전력투구한다.

법조인으로 자리를 잡고 난 이후에는 소년범 처우 개선에도 많은 관심을 기울였다. 소년범 처우 개선을 주제로 한 국회 세미나에서 발표를 맡기도 했다. 이날 나는 "소년범에게 충분한 영양 공급이 필요하다"고 목소리를 냈다. 시설에서 보호소년에게 제공하는 한 끼 식대가 고작 2,185원이라는 터무니없는 현실을 개선해야 한다고 주장했다. 이렇게 발 벗고 나선 이유는 하나다. 이들이 있는 자리에 내가 있었을 수도 있다는 생각 때문이다. 나는 요행히 공부 잘하는 재능을 얻어 가난과 차별의 굴레에서 벗어날 수 있었다. 하지만 이들과 나는 한 끗 차이에 불과하다. 뒤집어 말하면, 이들도 제2, 제3의 최주희가 될 수 있다. 변호사가 되고, 의사도 돼서 각자가 지고 있는 카르마(karma)에서 벗어나야 한다. 이들은 그만한 잠재력을 갖춘 존재들이라고 믿는다.

나는 천대받고 사는 게 어떤 것인지 분명하게 안다. 따라서 과거의 나를 잊지 않고자 노력하고 있다. 나아가 내가 처했던 상황에 놓인 사람들에게 그러한 희망을 전달하고 싶다. 감사한 마음과 함께 늘 베풀면서 살고자 하는 이유이다.

4. 늪

좋은 것은 좋은 것을 끌어들이고, 나쁜 것은 나쁜 것을 끌어들인다. 빚은 더 큰 빚을 지게 만들고, 폭력은 더 큰 폭력을 잉태한다. 악순환에 빠지면 저절로 굴러가는 악업(惡業)의 수레바퀴에 삶이 뒤죽박죽 엉킬 수 있다. 가뜩이나 막막한 인생을 더 깊은 늪으로 잡아당기는 운명의 쇠사슬처럼.

양(陽)이 있으면 음(陰)이 있고, 빛이 있으면 그늘이 있다. 내 마음에 어두움이 가득해지자, 어둠의 세계에서도 마수를 뻗쳐왔다. 그들과 같은 파장을 가진 나는 그 손을 덥석 잡았다.

5학년 무렵 내게는 '양언니'가 생겼다. 진짜 피붙이는 아니지만, 의자매처럼 서로 챙겨주고 지켜주는 그런 관계였다. 학교에서 '한 가닥'하는 양언니 덕분에 나도 모르게 우쭐해진 적이 많았다. 아무도 나를 건드릴 수 없었고, 함부로 대하지 못했다. 가정형편이 어렵다고, 가난하다고 놀리는 애들도 없었다. 적어도 내 앞에서는 말이다.

어린 시절에는 그런 우월감을 누리며 사는 게 전부인 줄 알았다.

그렇다고 무조건 좋기만 한 것은 아니었다. 나는 언니들의 술과 담배 심부름을 하면서 그들의 말에 복종해야 하는 의무가 있었다. 오라고 하면 와야 했고, 가라고 하면 가야 했다. 서열과 상하 위계가 뚜렷했다. 이것은 그쪽 세계에서 반드시 지켜야 하는 암묵적인 룰(rule)이었으며, 룰을 어기면 눈 밖에 나서 처절한 복수를 당할 수 있다.

양언니는 편부 슬하에서 자랐는데, 그 아버지가 지방에서 일을 하는 관계로 집을 비우는 일이 잦았다. 따라서 양언니의 집은 자연스레 우리 '패밀리'를 위한 아지트가 됐다. 아지트에는 중학교, 고등학교 언니 오빠들이 삼삼오오 모여있었다. 이들은 함께 술을 마시고 담배를 피우며 마음껏 일탈을 저질렀다.

"한번 피워볼래?"

문득 고등학생 즈음 되어 보이는 오빠가 불붙인 담배를 건넸다. 나는 입에 살며시 대었다가 곧바로 치워버렸다. 독한 냄새가 풍겨 나왔고 코끝이 찡했다.

"내 동생한테 그런 거 시키지 마라!"

내가 싫은 표정을 짓자 양언니가 나섰다. 고등학생 오빠였지만 어찌되었든 양언니가 아지트의 주인이었기 때문에 언니가 날 보호했다. 이럴 때 양언니는 든든한 울타리가 되어줬다. 비록 나를 이런 곳으로 끌어들였지만, 내가 치명적인 상황에 내몰리지 않도록 여러모로 마음을 써줬다. 아지트 생활을 하면서도 험한 일을 당하지 않은 건 전적으로 양언니 덕분이다. 때문에 지금도 나는 그 시절의 양언니를 떠올리면 복잡미묘한 감정에 사로잡히곤 한다.

감정은 그렇게 단순하지 않다. 선명하지 않고 대체로 여러 감각이 휘휘 뒤엉켜 있는 게 사실이다. 미워하지만 그립고, 사랑하면서 밉기도 하다. 일도양단(一刀兩斷)으로 딱 잘라 설명할 수 없는 게 사람 마음이다.

양언니는 힘든 순간에 내 옆에 있어 주고, 다른 사람들이 함부로 대하지 못하도록 챙겨줬다. 하지만 양언니의 발길이 향하는 곳은 분명 깊은 '늪'이었다. 그 끝이 어떠할지는 불을 보듯 뻔했다. 손잡고 그 길로 나가면 영영 돌아올 수 없는 수렁에 빠질 수 있었다.

집단으로 엮이면 사람은 혼자서는 절대로 하지 못할 일을 저지르곤 한다. 혼자서 나쁜 짓을 저지르기는 힘들어도 여러 명이 함께 모이면 안도감이 들면서 서슴없이 나쁜 짓을 저지르게 된다. 서로의 죄책감을 나누며 마음의 짐을 덜어내기 때문이다. 덜어낸 몫만큼 마음

빛이 줄어든다. 그 내면 심리를 자세히 들여다보면 '나 혼자만 그러는 게 아니니까'라는 생각이 자리하고 있다. 함께 비행을 저지르면 묘한 연대 의식과 함께 나름의 동지애가 생긴다. 대부분 의리로 포장된 이것의 정체는 사실은 아주 단단한 쇠사슬이다. 한 번 발을 담근 청소년들이 다시는 빠져나가지 못하도록 차꼬를 채우고 옥죄어 버린다.

나는 어둠의 길에 빠져든 청소년 중 많은 수가 정(情) 때문에 헤어 나오지 못하고 있다고 생각한다. 처음에는 한 걸음, 한 걸음 그릇된 길로 나아갈 때마다 부끄러운 마음이 든다. 인간이라면 누구나 가지고 있는 수오지심이 발동하기 때문이다. 하지만 주변을 둘러볼 때 옆에 누군가 있으면 '아, 나 혼자만 그런 게 아니구나'라는 생각이 들면서 마음을 내려놓는다.

그러면서 차츰차츰 더 많은 죄에 젖어 들고, 끝내 깊숙한 심연으로 빠져들게 된다. 가끔 '더 이상 이렇게 살면 안 돼! 이대로 갈 순 없어'라는 자각이 들기도 하지만, 그때마다 또래들과 맞잡은 손이 족쇄로 작용한다.

중학교에 입학하자마자 마침내 올 것이 왔다. 무서운 선배들이 각 반을 돌아다니며 자신들의 무리에 합류할 재목이 있는지 물색하고 다녔다. 나는 중학교 1학년 때 이미 키가 160cm에 달했고, 아지트 생활도 경험했다. 그들은 나의 양언니 존재도 이미 알고 있었다. 자연스레 영입 1순위로 지목되었다. 그 뒤로 선배들은 나를 특정해 수시로 불러냈다.

그러던 어느 날 선배들은 함께 불려다니던 친구들 몇 명과 함께 하교 후 동네에 있는 한 노래방으로 오라고 말했다. 4월 초 즈음이었다. 그런데 그날따라 그곳에 가면 안 될 것 같다는 불길한 예감이 들었다. 왜 그런 느낌을 받았는지는 정확히 설명할 수 없다. 하지만 직감적으로 '오늘은 큰일이 날 것 같다'는 생각이 들었다. 친구들은 무서워하면서도 어쩔 수 없이 노래방으로 향할 때, 나는 선배들의 부름을 무시하고 발길을 돌렸다.

아니나 다를까, 그날 노래방에서는 무시무시한 신고식이 벌어졌다. 선배들이 후배들을 길들이겠다며 무차별 폭력을 자행했다. 신고식을 어찌나 심하게 치렀던지, 그날 발생한 일은 언론에서도 대서특필할 정도였다.

문제는 그다음 날이었다. '피의 신고식'은 요행히 피했지만, 신고식을 무시한 순간부터 나는 선배들의 보복 대상이 되어 더 심한 꼴을 당할 위기에 놓였다.

"우리가 부르는데 네가 감히 안 와? 오늘 제대로 잡는다."

선배들이 이를 갈았다. 다들 학교에서 내로라하는 무시무시한 언니 오빠들이었다. 나를 붙잡아 본보기 삼겠다며 교문 근처에 포진하고, 내가 지나가기만 기다렸다. 신고식을 무시한 일은 양언니도 어쩔 수 없는 일이었다. 그 세상의 룰을 명백히 어긴 일이기 때문이다. 상황이 다급해지자 나도 '치트키'를 쓸 수밖에 없었다. 그 대상은 일대에서 한주먹 하는 사촌오빠였다.

나와 10살 차이가 나는 사촌오빠는 큰이모의 아들이다. 오빠는 객식구로 떠돌던 나를 안쓰럽게 여겨 늘 배려해줬다. 힘깨나 쓰는 오빠는 누군가에게는 '무서운 사람'이었을지 모르지만, 내게는 위기의 순간에 나를 보호해주는 그저 든든한 군대 같은 존재였다.

나의 SOS를 받은 사촌오빠는 인근 고등학생들을 동원해 나를 호위하게 했다. 그날 수많은 고등학생들이 무리 지어 우리 학교에 몰려왔다. 이들은 나를 집까지 안전하게 바래다준 것은 물론, 무언의 경고를 남겼다.

'주희에게는 뒷배가 있다.'

이쯤 되니 하굣길에 나를 잡겠다며 진을 치고 있던 '일진' 선배들도 눈이 휘둥그레질 수밖에 없었다. 그들은 조용히 서로를 쳐다보다 하나, 둘 자리를 떴다. 예상치 못한 남자 고등학생 무리의 호위에 놀란 것이다.

'야… 이건 잘못 건드리면 안 되겠다…?'

이 사건 이후 선배들은 나를 타겟으로 삼지 않았다. 가까스로 폭력 서클의 레이더망에서 벗어난 셈이다. 그리고 한가지 철저하게 깨달은 점이 있다. 더 이상 이들과 같이 어울리며 그 길을 따라서는 안 된다는 것이다. 어린 나이에 이곳저곳 떠돌며 야생초같이 자란 나는, 본능적으로 이 무리가 향하고 있는 방향이 크게 잘못됐다는 점을 눈치챘다. 물론 그곳은 영영 헤어나올 수 없는 늪지대였다.

아슬아슬하게 매달려 있는 메마른 나뭇잎의 모습이 당시의 저자와 같은 느낌이다.

5. 실패로 끝난 가출 사건

'교문 호위 사건' 이후 나는 아지트 패밀리와도 거리를 두게 되었다. 친하게 지내던 양언니와는 누가 먼저랄 것 없이 서서히 멀어져 갔다.

그렇다고 내가 갑자기 착한 모범생으로 바뀐 것은 아니다. 양언니의 아지트에는 가지 않았지만, 이제는 우리 집이 새로운 아지트로 바뀌었다. 어머니가 집을 비울 때마다 나는 여기저기서 어울리던 친구들을 데려왔다. 그들은 우리 집에서 군고구마 봉투를 만들어 붙이기도 하고, 술도 마시면서 평범한 학생들의 범위에서 벗어났다. 천방지축인 아이들만 모이다 보니 때때로 안전사고가 터지기도 했다. 한번은 어떤 친구가 스팸 뚜껑을 열다가 손을 크게 다친 일이 있었다. 허연 뼈가 드러날 정도로 심하게 베여 집에서 15분 거리에 있는 병원에 데려다준 기억이 난다. 그렇게 나는 대책 없이 중학교 시절을 흘려보내고 있었다.

가혹한 환경은 여전히 내 운명을 장악하고 있었다. 뿐만 아니라 몸서리칠 만큼 끔찍한 가난의 족쇄가 시간이 지날수록 더 강하게 우리 가정을 조여왔다. 한 치 앞을 내다보기 힘든 우울한 상황이 이어지자 내 마음 한구석에는 어느덧 반항심이 싹트기 시작했다. 도무지 개선될 기미가 보이지 않는 열악한 환경이, 질풍노도의 감정과 맞물려 마침내 불타오르기 시작한 것이다.

누군가에게 사춘기는 살면서 한 번쯤 극복해야 할 성장통(痛)에 불과하겠지만 나는 상황이 달랐다. 가족을 버리고 떠난 무능한 생부와 객식구로 떠돌며 눈칫밥을 먹어야 했던 어두운 유년 시절의 기억. 그리고 세속과는 별로 인연이 없어 보이는 어머니와 도무지 이유를 알 수 없는 세상의 냉대는 내 마음속 응어리를 더 단단하게 만들었다. 하루에도 몇 번씩이나 억울함과 분노가 불쑥불쑥 치밀어 올랐다. 일종의 한(恨)이 맺힌 것이다.

어머니와 집에서 마주칠 때마다 끊임없이 마찰이 생겼다. 내가 짜증을 내면 어머니도 가만있지 않았다. 당신도 가시밭길이나 다름없는 세상에서 나름대로 열심히 살아보려고 발버둥 치는데, 하나뿐인 딸마저 반발하니 적지 않은 괴로움을 느꼈을 터다.

'그래, 그동안 내가 너무 말을 잘 들었지. 내가 너무 착한 딸이었지? 그럼 그렇게 믿던 내가 어떻게 변할 수 있는지 보여줄게.'

중학교 2학년이 되자 나는 완전히 삐뚤어지기로 했다. 그리고 일부러 작정하고 모든 일에 엇박자를 내기로 마음먹었다. 첫 번째 반항은 '성적 떨어뜨리기'였다. 그동안 나는 공부에서만큼은 어머니 속을 썩이지 않았다. 각박한 환경이었지만 착한 딸의 역할 중 하나로 성적만큼은 학습된 문해력과 이해력으로 상위권을 유지하고 있었다.

하지만 중간고사를 치를 때가 오자, 나는 일부러 오답을 선택하는 방식으로 성적을 일시에 떨어뜨렸다. 그러자 성적이 수직으로 낙하했다. '우'와 '수'가 가득했던 성적표가 순식간에 '양'과 '가'로 도배되었다. 여담이지만, 일부러 정답을 피해 가는 일도 그렇게 쉬운 일은 아니다. 상당히 고역이다. 성적을 일부러 떨어뜨리는 행동도 기본적으로 실력이 있어야 가능하다. 답이 뭔지 알아야 피해갈 수 있으니까 말이다. 어쨌든 나름대로 고생한 끝에 나로서는 인생 최악의 성적표를 받아들 수 있었다. 나는 혼자 흡족한 미소를 지으며 집으로 가져왔다.

〈이 성적을 보면 어머니가 뭐라고 할까… 화는 내려나?〉

하지만 우리 어머니는 여중생의 발칙한 도발에 넘어갈 만큼 만만한 상대가 아니었다. 어지간한 세상 풍파에는 이미 이골이 나 있었던 어머니는 역대 최저치를 기록한 내 성적표를 보고도 눈 하나 깜짝하지 않았다. 마치 일부러 그런 것이라는 사실을 다 알고 있다는 듯이.

어머니가 대수롭지 않게 여기자 당황한 건 오히려 나였다. 성적을 떨궈 어머니를 곤란하게 만들고자 했던 작전이 먹히지 않자, 나는 더 극단적인 수단을 생각해 내지 않을 수 없었다.

'그래, 성적 정도로는 안 되는구나. 그럼 다른 걸 해야지 뭐.'

마침내 나는 가출이라는 비장의 카드를 꺼내 들었다. 중학생이면 아직 어린 학생에 불과하다. 아예 집을 나가버리면 아무리 강심장을 가진 부모라도 충격을 받을 것이라고 생각했다. 며칠 동안 고민에 고민을 거듭하며 나는 치밀하게 '가출 작전'을 구상했다.

기왕에 가출을 하려면 구미시를 완전히 벗어나야 효과가 있다고 판단했다. 구미에 머물러 있으면 친지와 지인들에 의해 소재가 금방 발각될 우려가 있었다. 특히 어머니 친척 중에 경찰이 있었기 때문에 아무래도 구미를 떠나는 게 좋겠다고 생각했다. 나는 1차 행선지를 서울로 정하고 날을 잡아 실행에 옮겼다. 마침 좋아하는 가수의 콘서트가 경기도 과천에서 열렸는데, 나는 공연 날짜에 맞춰 수도권으로 올라온 뒤 서울에 그대로 남아있기로 했다.

마침내 디데이가 찾아왔다. 나는 여느 때와 다름없이 등교했다. 주말이었다. 나는 삐삐(무선호출기)를 끄고 경기도 과천의 공연장으로 발길을 돌렸다. 신나게 공연을 보고 난 뒤에는 함께 '가출팸' 생활을 했던 친구 한 명을 수소문해 그 친구 집에 몸을 의탁했다. '완벽한 계획'이었다.

하지만 완전 범죄를 꿈꿨던 나의 가출 계획은 의외의 복병을 만나 허무하게 끝나고 말았다. 복병은 다름 아닌 친구 집의 청결 상태였다. 나는 어머니의 청결함을 보고 자라, 천성적으로 깨끗하고 버젓한 걸 좋아한다. 가난해도 이불은 일주일에 한 번씩 빨래하며 먼지하나 없는 환경에서 자랐다. 그런데 내가 신세를 겼던 친구 아지트는 너무나도 지저분했다. 정말 미안한 말이지만, 솔직한 심정으로 돼지우리가 따로 없었다. 담배 냄새가 진득이 벽에서부터 배어나왔고, 이불은 땟국물에 절어있었다. 그 와중에 남녀 청소년이 혼숙까지 하고 있었다.하룻밤이 지나자 결국 나는 도저히 참지 못하고 퇴각할 수밖에 없었다.

집으로 돌아오며 삐삐를 작동시키니, 이미 메시지가 수십 통 와있었다. 차마 어머니한테는 연락하지 못하고 외숙모에게 먼저 전화를 걸었다. 기차를 타고 구미역에 당도하자 어른들이 나를 기다리고 있었다. 집에 들어서자 어머니가 갑자기 내 뺨을 세게 후려쳤다.

"어떻게 니가 감히!!"

그 말을 듣자, 나도 그동안 쌓인 설움이 폭발하며 소리를 질렀다.

그 순간 '착한 딸' 노릇하기를 완전히 그만두었다. 더 이상 안 그런 척, 괜찮은 척 연기할 수가 없었다. 나는 내 안에 쓴 가면을 벗어던지고 함께 고함을 쳤다.

> "그래, 내가 감히 그랬다. 내가 안 하는 거지, 못하는 줄 알았나. 어디 한 대 가지고 되겠나, 더 때려라!"

내가 악을 쓰며 대들자, 어머니도 기가 찼는지 더 때리지 않았다. 우리 둘 사이에 냉랭하고 어색한 침묵이 흘렀다. 말 없는 기 싸움 끝에 우리는 서로 한 발자국씩 물러났다. 어머니는 내가 어느 정도까지 망가질 수 있는지, 그리고 엇나갈 수 있는지 그 잠재력을 확인했다. 어머니 마음에 생채기를 내려 했던 소기의 목적은 일부나마 달성한 셈이다.

나도 어머니의 '방임적 신뢰'에 저항하는 데는 한계가 있음을 깨달았다. 그리고 이후로는 어머니의 속을 긁지 않았다. 내가 '한다면 한다'는 점을 보여줬으니, 그만하면 됐다는 생각이었다.

용의주도하게 계획한 나의 '가출 프로젝트'는 이렇게 막을 내렸다.

갈라진 시멘트 벽 틈에 간신히 뿌리를 내린 잡초.
중학교 시절 내 삶이 이러한 모습이 아니었을까, 하는 느낌이 든다.

6. 뮤지컬 「명성황후」와 파도 그림

　『칼의 노래』, 『남한산성』을 쓴 작가 김훈은 자전적 에세이 『광야를 달리는 말』에서 "가난은 가히 설화적이었다"라고 밝힌 바 있다. 나는 가난을 '설화적'이라고 말한 그의 표현이 무척 와 닿았다. 설화의 사전적 뜻은 '있지 아니한 일에 대하여 사실처럼 말함'이다. 따라서 김훈 작가가 언급한 '설화적 가난'이란, 비현실적으로 느껴질 만큼 모질고 지독했다는 의미일 것이다. 그리고 김훈 작가의 표현은 내 기억 속에 남아있는 가난의 진면목과 정확하게 일치한다.

　중학교 시절, 나는 구미시 송정동에 있는 한 장어집 상가 옥탑방에서 살았다. 상가 옥상에 덩그러니 놓인 그 아슬아슬한 조립식 건물은, 처음부터 매우 위태로운 공간이었다. 오랜 세월이 지났지만 지금도 나는 그 집의 평면도를 완벽하게 그려낼 수 있을 정도로 생생하게 기억한다. 15평 남짓 크기에 딸린 방이 하나 있었고, 욕실과 부엌이 붙어있는 구조였다. 외풍이 심해 겨울에는 이가 딱딱 부딪힐 정도로 추웠다. 여름에는 또 어찌나 더웠던지, 우유를 한 컵 따라놓으면

한 시간도 안 되어 상해버릴 정도로 찜통이었다. 당연히 방범이나 보안도 허술해, 강도가 침입할 뻔한 적도 여러 번 있었다. 지금 생각해보면 모두 아찔한 순간들이다.

그 와중에 생계는 점점 더 내리막길을 걷다가 마침내 가난이 절정에 이르고야 말았다. 빈곤에도 '클라이맥스'가 있다는 점을 사람들은 잘 모른다. 밥을 지어 먹으려 쌀통을 열었는데, 문자 그대로 한 톨도 남지 않았다. 공과금을 제대로 내지 못해 텔레비전 수신마저 끊겼다. 당시 우리 집 상황은 절벽 끝에서 간신히 매달려 허덕이는 수준이었다.

형편이 이렇다 보니 당시에도 나는 어머니에게 무언가 해달라고부탁드리기 민망했다. 그래서 어떤 물건을 가지고 싶다거나, 사달라고 떼를 쓴 적이 없었다. 필요한 것이 있다면 어떻게든 내가 스스로해결하는 버릇이 생겼다. 그런데 딱 한 번 예외가 있었다. 바로 뮤지컬 「명성황후」 공연 티켓이다. 1998년에는 그야말로 「명성황후」 신드롬이 전국을 강타했다. 뮤지컬의 인기는 하늘을 찔렀고, 전국 곳곳에서 순회공연이 열렸다. 나는 그 공연이 너무나 보고 싶었다. 때마침 구미예술회관에서 뮤지컬 공연을 한다는 소식이 전해졌다. 티켓가격은 5만 원이었다. 당시 옥탑방 월세가 35만 원이었다는 점을 감안하면, 5만 원은 우리 모녀가 일주일 넘게 살아갈 수 있는 거금이었다. 몇 번이나 주저하던 나는 고심 끝에 어머니에게 티켓을 사달라고

부탁을 드렸다.

"그래, 가서 보고 온나."

의외로 어머니는 흔쾌히 거금 5만 원을 내어주었다. 성격이 강해 자주 마찰을 빚고, 돈 버는 재주는 부족했지만 적어도 어머니는 나의 공부나 문화 활동에서만큼은 아낌없이 지갑을 열었다. 있으면 있는 대로, 없으면 없는 대로 주셨다. 지나고 보니 내가 지금 변호사가 된 것도 다 어머니의 이런 공덕 때문이 아니었을까, 생각한다.

학수고대하던 뮤지컬을 볼 수 있게 된 나는 뛸 듯이 기뻐했다. 두 시간가량 이어진 공연 내내 나는 모든 감각을 집중시킨 채 관람에 몰두했다. 단 한 순간, 한 소절도 놓치기 싫었다. 배우들의 몸짓과 노래 그리고 표정 하나까지. 어쩌면 그날 열연을 펼친 배우들보다, 내가 더 신경을 곤두세우고 있었을지도 모른다. 마지막 장면에서는 웅장한 피날레 곡이 흘러나왔다. 내 귀에는 천상의 목소리로 들렸다. 사람이 저토록 아름다운 목소리를 낼 수 있다는 점이 새삼 신기했다. 무대가 빙빙 돌며 회전하기도 했는데, 그런 모든 것이 새롭고 감동적이었다. 무엇보다 이런 좋은 공연을 내가 자리에 앉아 볼 수 있었다는 사실 자체가 감격스러웠다.

바야흐로 문(文)·사(史)·철(哲)의 위기라고들 한다. 돈과 실용성이 중시되는 현대 사회에서 순수 인문학과 예술의 인기는 나날이 떨어지고 있다. 전국 주요 대학에서조차 인문학 관련 학과를 통폐합했다는 소식이 들려온다. 이제 인문학은 비실용적이고 쓸모없는 학문으로 각인돼 어느덧 학문의 주류에서 밀려나고 있다.

하지만 나는 인문학이야말로 사람을 사람답게 만들고, 내면의 힘을 키워주는 원천이라고 본다. 인문학은 생각하는 힘을 길러주고, 정서를 도야(陶冶)하며, 고난을 극복할 수 있는 지혜를 제공한다. 곤경에 처한 사람은 책과 예술을 접함으로써 큰 위로를 받을 수 있다. 인문학에 내재한 치유의 힘이 발휘되기 때문이다.

황폐하던 내 삶에 '이런 세상도 존재하는구나'를 깨닫게 해주고, 문화와 예술을 동경하는 마음을 갖게 된 것도 그 무렵이었다.

가난에 허덕이던 중학교 시절, 나는 시간이 남아돌았다. 공허한 시간을 때우고 헛헛한 마음을 달래기 위해 나는 틈나는 대로 구미예술회관을 찾았다. 예술회관을 자주 방문한 이유는 부지가 넓고 건물이 예뻐 친구들과 어울리기 좋은 데다, 무료전시가 대부분이어서 특별히 돈이 들지 않았기 때문이다. 시즌마다 전시 프로그램이 달라졌는데, 학교를 오가며 포스터를 눈여겨보다가 시간이 나면 가서 관람했다. 꼭 유명작가가 아니더라도 훌륭한 그림과 예술작품이 꽤 많았던 것으로 기억한다.

나는 정물화나 풍경화 같은 사실적 그림보다는 추상화에 더 큰 매력을 느꼈다. 추상화는 아무래도 작품 해석의 여지가 넓다. 관람객이 상상의 나래를 펼칠 수 있는 감각적 기회를 많이 제공한다.

유난히 기억에 남는 작품이 하나 있다. 작가와 그림의 이름은 생각나지 않는다. 빨간색과 파란색의 선명한 색조가 서로 어우러진 추상화였는데, 무정형의 형상이 서로 뒤엉켜 마치 거대한 파도가 밀려오는 것처럼 느껴지는 그림이었다. 거친 질감과 그것들이 서로 맞닿은 모습이 마치 내 운명과 비슷하다는 생각이 들었다. 30분 넘게 그 그림 앞에 멈춰 서서 멍하니 쳐다보았다. 의아하게 여긴 큐레이터가 내게 다가와 물었다.

"니는 무슨 생각을 그리하고 있노?"
"그냥 신기해서요…?"

그 순간 나는 완전히 그림에 몰입하고 있었다. 그리고 전시가 계속되는 동안 예술회관을 빠지지 않고 찾아 그 파도 그림을 보고, 또 보았다. 그림 안에는 분명 무엇인가 있었다. 마치 그림이 형성한 중력장(場)에 내가 빨려 들어가는 기분이었다. 그 강한 이끌림을 지금도 잊을 수 없다. 이런 연유에서 나는 훗날 고시에 합격하고 난 뒤 그림 전시와 박람회를 무수히 많이 다녔다. 지금도 혼자 캔버스를 사서 마음 내킬 때마다 그림을 그리곤 한다.

비행 청소년들에게 인문학을 가르쳤더니, 삶에 회복이 일어나고 재범 확률이 크게 줄었다는 취지의 논문을 읽은 적이 있다. 나도 인생의 바닥에서 인문학과 예술이 주는 깊은 위로를 체감하고, 그 수혜를 톡톡히 누린 사람이다. 예술에 치유 효과가 있다는 사실을 믿어 의심치 않는다. 인생의 가장 어두웠던 순간에, 내게 한 줄기 빛이 되어 희망과 용기를 불어넣어 준 '뮤지컬 「명성황후」'와 '구미예술회관'은 그런 의미에서 큰 은인이라고 볼 수 있다.

7. 내 인생의 전환점, 이서고

　누구나 살면서 한 번쯤은 터닝포인트를 거친다. 인생의 전환기에 어떤 선택을 하느냐는 매우 중요하다. 이후의 삶을 크게 좌우할 수 있기 때문이다. 한순간의 선택으로 삶이 깊은 구렁텅이에 빠질 수 있고, 반대로 대반전을 이뤄 높이 비상할 수도 있다. 그토록 중요한 순간에 인생을 뒤바꿀 최선의 선택을 할 수 있도록 도와준 사람이 있다면 감히 귀인(貴人)이라 불러도 무방할 것이다. 내게도 그런 귀인이 있었다.

　중학교 3학년으로 올라갈 무렵, 주변 친구들이 슬슬 진로를 정하기 시작했다. 진학하는 학교에 따라 인문계와 실업계로 나뉘었다. 늪에서 헤어나오지 못한 몇 명은 학교를 중퇴한 뒤 안타깝게도 어둠의 세계에 본격적으로 발을 내디뎠다. 당시 우리 집은 너무 가난했기 때문에 나는 실업계 고등학교에 가는 것이 현실적인 선택지였다. 공고나 상고에서 기술을 익힌 뒤 일찌감치 생계 전선에 뛰어드는 게 낫다는 생각이 들었다.

'이렇게 미래가 결정되는 건가…?'

어쩔 수 없다면 가야겠지만, 마냥 끌려가기에는 아쉬움이 컸다. 무엇보다 나의 자존심이 허락지 않았다. 그때까지 나는 나름대로는 '공부를 잘한다'는 사실에 큰 자긍심을 느끼고 있었다. 어머니에 대한 반항으로 일부러 성적을 떨어뜨리기 전까지는, 어릴 적 독서를 많이 한 덕분인지 책만 보아도 이해가 잘되어 그럭저럭 우수한 성적을 유지했다.

'인문계를 안 가면 안 갔지, 못 가는 건 창피하다. 성적을 올려놓고 나서 생각하자.'

마음속에 묘한 오기가 생겼다. 가정형편은 여의치 않지만 시퍼렇게 살아있는 나의 자존심마저 미리 꺾어버릴 순 없었다. 일단 내가 할 수 있다는 점을 보여주기 위해 다시 책을 잡았다. 저녁에 놀러 다니는 것도 그만두고, 수업을 듣고 숙제를 하며 평범한 중학생이 되었다. 그러자 3학년 1학기 성적이 전교 11등으로 갑자기 상승했다. 2학년 시절 내내 일부러 성적을 떨어뜨린 줄 몰랐던 주위 사람들은 깜짝 놀랄 수밖에 없었다. 당시까지만 해도 공부는 내게 여전히 '쉬운 길'이었다.

제 1109 호

장 학 증 서

신평중 학교

제 3 학년

성명 최 주 회

위 학생은 1999학년도 본 재단

장학생으로 선발되었기에 장학증서

및 장학금을 드립니다

1999년 5 월 1 일

장학재단 허주(虛舟)장학회

이 사 장 김 윤

그렇게 중간고사를 치르고 나자, 조용히 나를 지켜보던 담임선생님의 추천으로 뜻하지 않게 장학금을 받게 되었다. 경북 출신 언론인이자 정치인이었던 故 김윤환 전 의원이 설립한 허주(虛舟) 장학금이었다. 장학증서와 함께 전달된 봉투를 열어보니 현금 60만 원이 들어있었다. 나도 모르게 가슴이 뛰었다. 이 돈이면 조금 더 보태 두 달치 월세를 낼 수 있었다. 설레는 마음을 붙잡고 어머니에게 가져다드리니, 어머니가 나보다 더 기뻐하셨다.

무엇보다 '공부를 잘하면 돈이 따라온다'는 사실 자체가 큰 동기부여가 됐다. 지금 생각하면 우습지만, 생계를 위협받던 당시에는 이 사실이 마음가짐과 행동 변화에 큰 영향을 미쳤다.

그렇게 한 학기가 지나고 다시 계절이 바뀔 무렵이었다. 어느 날 복도를 걷고 있었는데 담임선생님이 조용히 나를 불렀다. 3학년 선생님 교무실은 교실 맞은편에 따로 마련돼 있었다. 내가 찾아가자 선생님은 별말 없이 내 손에 작은 팸플릿을 쥐여주셨다. 팸플릿은 한 고등학교의 홍보물이었는데, 전면에 큼직하게 학교 이름이 박혀있었다.

'이서고등학교'

이서고는 경북 청도에 있는 기숙학교다. 비평준화 지역에 자리

잡아 별도의 입학시험을 치르고 들어가야 했다. 이서고는 명문대 진학률이 꽤 높았는데, 이 때문에 학생들이 전국 각지에서 모였다. 매년 가을에 고교 입학 시즌을 맞이하면, 이서고에 재학 중인 선배들이 여러 중학교를 돌며 홍보차 방문하곤 했다. 마침 선생님이 그걸 보시고 내게 진학을 권유한 것이다.

"여기 입학하는 것을 한번 생각해봐라."

말없이 교무실을 나온 나는 팸플릿을 천천히 살펴보았다. 그리고 가만히 앉아 나를 둘러싼 형편을 곰곰이 살펴봤다. 현재와 같은 상황이 지속되면, 어차피 평범한 고등학교에 입학하더라도 어머니의 지원과 관리를 계속 바라기 어려웠다. 무리해서 인문계에 진학할 경우 자칫 중도에 그만둘 우려도 있었다. 살아남기 위해서는 돌파구가 필요했고, 그러기 위해서는 나를 옥죄고 있던 여러 굴레에서 벗어날 필요가 있다는 결론에 도달했다.

'살아남기 위해서는 구미를 떠나야 한다.'

마음속 울림은 점점 커졌다. 뜻이 있는 곳에 길이 있다. 마침 나와 같은 반이었던 친구 정덕교도 이서고 진학을 염두에 두고 있었다. 덕교 아버지의 친구 아들이 이서고를 다니고 있었는데, 학교가 아주 좋다는 말을 들었다고 했다. 더 고민할 필요가 없었다. 나는 이서고에 진학하기로 굳게 마음먹고, 어머니에게 내 의지를 밝혔다.

"엄마, 나 여기 갈래."

집에 돌아온 나는 이서고 팸플릿을 어머니에게 건넸다. 어머니는 아무 말도 하지 않으셨다. 어머니는 덕교 부모님의 자가용을 얻어타고, 이서고를 직접 방문해 현장답사를 마치고 돌아오셨다. 나중에 들은 말이지만 어머니는 당시 닭장 같이 생겼던 기숙사를 보고 남몰래 눈물을 흘렸다고 했다. 하지만 어머니도 선택의 여지가 없었다. 내가 구미에 남아있어 봤자, 좋게 풀릴 리 만무했다. 그렇게 나는 이서고에 입학해도 좋다는 허락을 받았다. 무사히 입학시험을 치르고 합격 통보를 받은 나는 짐을 꾸려 구미를 떠날 준비를 했다. 기숙사로 이사하던 날도 덕교 부모님이 나를 태워다 주셨다. 이후에도 방학을 맞아 구미와 청도를 오갈 때면 덕교 아버지가 항상 나를 태워다 주셨다. 혈혈단신 살아가던 내게 덕교 부모님이 큰 사랑을 베풀어주신 점에 대해서는 지금도 오로지 감사한 마음뿐이다.

나에게 조용히 장학금을 추천해주시고, 이서고 진학을 권유하신 담임선생님도 잊을 수 없다. 함자는 김현진 선생님이다. 당시에는 너무 어려서 이런 것이 큰 은혜인 줄 알지 못했다. 선생님은 무뚝뚝하고 말수가 적은 전형적인 경상도 남자였는데, 학생들이 잘못하면 눈물이 쏙 빠질 정도로 호되게 혼내셨던 것으로 기억한다. 그 때문에 지금도 동창들은 김현진 선생님을 무서운 분으로만 알고 있다. 하지만 내게는 티 나지 않게 온정을 베풀어주셨다. 가정형편을 알고 장학금을 주선해주신 것과 공부의 끈을 놓지 않도록 이서고를 추천해주신 일 모두 자기가 맡은 학생에 대한 애정 없이는 불가능한 일이다.

지금도 가끔 '내가 만일 그때 이서고에 진학하지 않았다면 어떻게 됐을까?' 하고 생각해본다. 실업계 고등학교 진학해 지금도 아등바등 살고 있었을지 모른다. 또 구미시에 있는 일반고에 입학했다가 중퇴하고, 어둠의 세계에 빠져들었을 수도 있다. 어찌 되었든 지금처럼 사회에서 건강하게 내 몫을 다하지 못했을 가능성이 높다. 생각만 해도 아찔하다. 그런 점에서 김현진 선생님은 인생의 갈림길에서 만난 잊을 수 없는 귀인이다. 변호사가 된 후에 선생님을 찾아뵈려 했지만 도무지 찾지 못하다가, 2023년 11월 마침내 해후하게 되어 뒤늦게나마 감사의 인사를 전할 수 있었다.

비록 좋지 않은 형편이었지만, 삶의 중요한 길목에서 김현진 선생님과 덕교 부모님 같은 좋은 어른들을 만나 올바른 방향으로 인생 항로를 정할 수 있게 된 점은, 정말이지 크나큰 행운이었다.

8. 아쉬움만 남긴 수능시험

이서고등학교는 경북 청도군의 논밭 한가운데 있었다. 말 그대로 논과 밭 외에는 건조물이라고는 학교밖에 없었다. 기숙사에는 사감이 따로 존재했는데, 합숙 생활을 엄격하게 통제했기 때문에 어지간해서는 일탈을 저지르기 힘들었다. 학교 주변으로 나가봐야 한적한 시골뿐이어서 특별히 할 게 없었다. 지금도 동창들과 만나 고교 생활을 회상하면 "멍때리고, 멍때리다 정말로 할 게 없어서 어쩔 수 없이 공부하게 만드는 곳"이라는 데 다들 의견 일치를 본다.

학교 대강당 1층에는 전교생이 동시에 들어가 공부할 수 있는 넓은 자습실이 있었다. 1학년 자리는 2학년과 3학년 좌석 사이에 배치되어 있었는데, 이는 선배들 사이에서 꼼짝없이 공부에만 열중하라는 학교 측의 의도가 다분했다. 학생들은 정해진 일과 스케줄에 따라 생활했는데, 수업을 마친 평일 저녁 7시부터 11시까지는 야간자율학습이 이뤄졌다. 만일 공부하다가 졸거나 잠들면 곧바로 사감이 다가와 깨웠다.

1학년 시기에는 3평 남짓한 공간에 2인 1실로 이뤄진 방에서 지내다, 2학년에 올라가자 8인 1실로 바뀌었다. 세탁기는 따로 없었고 공용 욕실에 '짤순이'가 있어 손빨래를 해야 했다. 학생들은 청바지부터 교복까지 혼자 빨아서 널고, 다림질도 스스로 해서 입었다. 단체 생활이 익숙지 않아 전학을 가는 학생도 있었지만, 나는 오히려 단체 생활이 재미있었다. 시설이 열악하다는 불평도 있었지만, 떠돌이 생활과 옥탑방으로 단련된 나에게는 집보다 더 나은 공간으로 여겨졌다.

'삼시 세끼 밥도 주고, 안전하게 잠잘 곳도 있는데 얼마나 좋아?'

무엇보다 고등학생이 되니 확실하게 달라진 점이 하나 있었다. 공부의 중요성이 절대적으로 커졌다는 점이다. 초등학교와 중학교 시절에는 공부를 잘한다는 게 장점 중 하나였다면, 고등학교 때에는 공부가 전부로 취급됐다. 말 그대로 성적이 깡패였다. 드디어 나의 장점이 빛을 발할 때가 온 셈이다.

고교 1학년에 치른 첫 모의고사에서 나는 스스로도 놀랄 만큼 고득점을 했고 '서울대를 갈 수 있다'는 평가를 받았다. 사실 이전에는 전국 단위 시험을 친 적이 없어서 내 실력을 정확하게 가늠하기 어려웠다. 하지만 이제 뚜렷하게 내 위치를 알게 된 것이다.

귀뚜라미 장학증서
Certificate of Kiturami Scholarship

學 校 名: 어서고등학교
Name of School

姓　名: 최수희
Name of Student

위 학생은 부모님과 선생님을 존경하고 정직(正直)과 성실(誠實)한 생활 자세로
많은 친구와 이웃들로 부터 모범(模範)학생으로 추천되었기에 귀뚜라미 2001년도
장학생(獎學生)으로 맞아들이면서 본 증서(證書)를 드립니다.

It is a my great pleasure to inform you that you are cordially invied to
join in a member of Kiturami Scholarship, thank to your good behavior
with sincere effort in school as neighbors.
I heartily congratulate you on your appointment and award you a schol-
arship with this certificate.

2001年 1月 29日

귀뚜라미보일러 설립

財團
法人 귀뚜라미문화재단

理事長 崔 鎭 玟
Cheif Director. J.M.Choi

이서고 시절 받은 귀뚜라미문화재단의 장학증서.
당시 돈이 없던 나에게는 한줄기 단비와 같은 소중한 장학금이었다.

모의고사 성적이 발표된 날 복도에 걸린 내 성적을 확인하고 나는 떨 듯이 기뻐하며 흥분한 목소리로 어머니에게 전화를 했다.

"엄마, 나 서울대 갈 수 있는데?!"

가장 큰 문제였던 학비와 용돈은 막내 이모부의 지원으로 간신히 해결했다. 지금 생각해도 너무도 감사한 지원이고 은혜이다. 그리고 1학년과 3학년 때 보일러로 유명한 '귀뚜라미' 재단에서 주는 장학금을 받았다. 귀뚜라미 그룹의 창업주이신 최진민 회장님께서 청도 출신이어서, 기업은 지역 인재들에게 꾸준히 장학금을 지원하고 있다. 그 인연으로 지금도 나는 귀뚜라미 보일러만 사용한다. 또 귀뚜라미 보일러의 해외 진출이나 성장세를 보며 함께 기뻐하고 귀뚜라미 보일러가 오래오래 튼튼한 기업으로 남기를 기원하고 있다. 사람은 어려울 때 손 내밀어준 은혜를 영원히 잊지 못하는 법이다.

내게 공부를 어떻게 하는지 묻는 사람들이 많다. 학창 시절에도 그랬고, 사법시험에 합격한 후에도 비슷한 질문을 끊임없이 받았다. 질문에 감춰진 속내는 '사교육에 의존하기 어려운 환경에서 어떻게 높은 학업적 성취를 이룩했나'일 것이다.

하지만 막상 내 얘기를 듣고 나면 다들 고개를 갸우뚱한다. 생각보다 특별하지 않기 때문이다. 나는 고등학교를 이과로 재학하고 수

능도 이과로 시험을 쳤다. 문과 영역인 국어나 사회, 국사 같은 과목은 어려서부터 다독한 경험으로 얻은 문해력이 크게 역할을 했다. 그러나 수학, 과학 같은 수리영역은 나에게도 어렵긴 매한가지였다.

다만 나에게는 '모든 것은 기본이 중요하다'라는 신념이 있었다. 그리고 '책 한 권을 완벽하게 독파한다'는 게 나의 오랜 공부 방법론이다.

우선 수학이든 과학이든 기본 개념에 대한 이해가 선행돼야 한다. 그리고 개념 파악을 토대로 응용된 개념들을 이해하고 익히며 더 응용된 개념들을 익혀 문제를 풀이한다. 수학과 과학의 개념들, 예를 들어 덧셈, 뺄셈이라는 개념을 정확하게 이해하지 못하면 이를 변형한 곱셈, 나누기라는 개념의 이해가 어렵게 된다. 그럼 미분, 적분은 당연히 어려울 수밖에 없다. 수리영역은 기본 개념부터 명확하고 탄탄하게 이해하고, 이후 이를 기초로 변형되어 함축된 기호들을 이해한 후에 문제를 푸는 것이 중요하다.

과학 또한 마찬가지이다. 지구의 중력과 생명체 태동의 기초인 미생물과 화학구조 등 전체적인 물상의 이치에 대한 기본 개념을 이해한 뒤, 물리력, 화학복합체, 생물학에 대한 더 복잡한 개념을 이해하여 가상의 상황을 상정한 문제를 풀이하는 것이다. 기초가 흔들리면 사상누각처럼 무너질 수 있다.

고등학교 시절 공부했던 국사 교과서.
기본에 충실한 학습으로 사교육에 의존하지 않고도 높은 성취를 이룩할 수 있었다.

그리고 책에 대해서도 언급하고 싶다. 국어든, 영어든, 수학이든 시중에는 다양한 참고서가 즐비해 있다. 시중에 출간되어 많은 수험생들이 선택한 책이라면 해당 시험에 대비하는 데 크게 부족하지는 않다고 본다. 나는 여러 교재를 뒤적이지 않고, 오직 한 권만 정해서 열 번이든 스무 번이든 반복해서 읽는다. 책의 내용을 완전히 이해할 때까지 읽고, 이해가 된 후에는 여러 번 회독 수를 늘린다. 그러면 어떤 시험에서든 만족할만한 결과를 얻을 수 있다. 1등을 하진 못하더라도 불합격을 할 일은 없다.

불안한 마음에 이 책, 저 책 뒤적이면 오히려 집중력이 흐트러진다. 영화 「주유소 습격 사건」(1999)에서 배우 유오성 씨가 했던 "나는 딱 한 놈만 패"라는 대사야말로 내 공부법과 일치한다. 좀 더 품위 있게 표현하자면, 독서백편의자현(讀書百遍義自見)이라고도 할 수 있다. 교재 탓은 금물이다. 이것은 수능뿐 아니라 고시에서도 똑같이 적용된다.

공부도 재능이기 때문에 어느 정도 타고나는 측면이 있다는 건 부인하기 어렵다. 나의 경우는 어려서부터 다독(多讀)하며 습득된 문해력과 일정 수준 이상의 암기 능력을 가지고 있었다. 그래서인지 수업을 듣고 교과서를 펼치면, 어느 부분이 시험에 출제될지 눈에 들어왔다. 수학, 과학 등 수리영역은 이해가 되지 않는 문제를 반복해서 푼 다음, 해답을 읽고 또 읽으며 개념을 이해하려 했다. 만일 그래도 이해가 되지 않는 경우에는 문제를 통째로 외워 유사한 문제가 나오면 그대로 풀이해 정답을 찾았다.

훗날 아르바이트로 과외를 한 적이 있다. 같은 강의여도 공부 잘하는 사람과 못하는 사람은 밑줄을 긋는 부분이 다르다. '줄 긋는 포인트'를 알아보는 감각이 바로 문해력이자, '공부 감각'의 차이다. 공부 감각이 떨어지는 경우를 보면, 똑같은 책으로 같은 설명을 해도 엉뚱한 곳에 밑줄을 그으면서 시험에 나오지도 않는 부분을 외우느라 노력을 허비한다. 좋은 선생님은 잘못된 곳에 밑줄을 긋는 행동을 교정해주는 사람이다.

마침내 대망의 고3이 됐다. 그런데 예기치 못한 변수가 생겼다. 다름 아닌 2002년 한일 월드컵이었다. 당시 대한민국 축구 대표팀은 사상 최고의 성적을 내며 4강에 오르는 기염을 토했다. 전국이 흥분의 도가니에 빠졌고 월드컵 열기가 온 나라를 휩쓸었다. 나도 수험생 신분을 망각한 채 '수능은 내년에 봐도 되지만, 월드컵 경기는 지금이 아니면 영원히 못 본다'는 심정으로 월드컵 경기를 빠짐없이 관람했다. 야간자율학습 시간에 몰래 학교를 빠져나와 대구 동성로에 가서 응원대열에 합류하기도 했다. 이 때문에 사감 선생님에게 여러 번 야단을 맞았지만 지금도 그때 월드컵 경기를 본 사실을 후회하지 않는다. 인생에는 그 시기에만 할 수 있는 일도 있는 것이다.

11월 수능이 다가왔다. 고등학교 내내 어머니는 내게 육군사관학교나 경찰대에 갈 것을 권유했다. 가정형편도 형편이었지만, 군경 계통이 나와 잘 맞는다고 생각하신 듯했다. 하지만 나는 군인이나 경찰이 되기 싫었다. 그래서 일부러 이과를 선택했고, 육사 시험을 보지도 않고 어머니에게 시험을 봤다며 거짓말하기도 했다. 경찰대도 마찬가지다.

수능시험 전날에는 학교에서 시험장 인근에 4인 1실 호텔 방을 잡아주었다. 시험 당일에는 어머니와 이모, 이모부가 함께 시험장에 오셔서 기다려주셨다.

드디어 시험이 시작되었고 첫 교시인 언어영역 시험지를 펼치자마자 문제가 발생했다. 이번 수능시험 문제가 내 생각보다 어렵게 출제되었고 비문학 한 지문을 통째로 날려버린 것이다. 머리가 아득해졌다. 순간적으로 시험을 망쳤다는 불안감이 엄습했다. 이후 남은 시험을 아무 생각 없이 치렀다.

시험을 마치고 이모부 차를 타고 돌아오는데, 시험을 잘 보지 못했다는 생각에 마음이 울적했다. 그런 상황에서 어머니가 이것저것 물으며 이야기하자 나도 모르게 짜증이 나서 화를 내고 말았다.

"그만 좀 해. 학원 한번 안 보내놓고 도대체 뭘 바라는 건데!"

그러자 어머니도 화가 났는지 내 뺨을 때렸다. 이제는 나도 화가 치밀었다. 다시 때리려는 어머니의 손목을 중간에 잡아챘다.

> "적당히 해. 내가 시험 쳤지, 엄마가 쳤어? 내 인생이지 엄마 인생이야?"

모녀가 계속 싸우니까 이모부가 차를 갓길에 정차시키고 적당히들 하라며 뜯어말렸다. 여러모로 우울한 날이었다.

마침내 성적이 공개됐다. 그런데 나만 시험을 못 본 게 아니었다. 학생 대다수가 모의고사 점수에 비해 성적이 떨어졌는데, 나는 낙폭이 상대적으로 적었다. 변환점수로 확인해보니 400점 만점에 385점이 나왔다. 고득점이었지만 정확하게 어느 대학에 지원할 수 있는지 감이 오지 않아 밤잠을 설쳤다.

> '약대를 갈까? 그래도 대학은 가겠지?'

조심스레 캠퍼스 생활을 즐기는 미래의 모습을 상상하며 혼자 들뜨기도 했다.

마지막 겨울방학을 맞이하자 나는 정들었던 기숙사 생활을 접고 집으로 돌아왔다. 구미에 오니 집안 사정은 고등학교에 진학할 때보다 더 나빠져 있었다. 3년이 지났지만 나아지기는커녕 이제는 하루 벌어 하루 먹고 사는 형편으로 전락해 있었다. 어머니는 어디로든 빨리 나가서 아르바이트를 구해 돈을 벌어오라고 했다. 힘든 시험을 막 끝냈으니, 조금은 쉬고 싶은 마음이 드는 게 인지상정이다. 하지만 상황이 허락지 않았다. 결국 시청 앞에 있는 한 숯불갈비 집에서 주·야간 풀타임으로 아르바이트를 했다. 최저시급 규정은 지켜지지 않았다. 그러나 목마른 사람이 우물을 파게 되어 있다. 주머니 사정이 간절했기 때문에, 당시에는 그런 걸 따질 때가 아니었다. 나는 온종일 서빙을 하며 녹초가 되도록 일했다. 저녁에는 불콰하게 술을 마신 아저씨들이 성희롱과 성추행을 일삼았다. 그들에게는 19살 된 어린 여자 아르바이트생이 만만하게 보였을 것이다. 자기들끼리 음담패설을 하면서 음흉한 눈길로 나를 쳐다보았다.

"어이, 아가씨. 여기 와서 술 한잔 따라볼래?"

그런 꼴을 당할 때마다 당장 때려치우고 싶었지만, 차마 그럴 수 없었다. 월급을 받지 않으면 말 그대로 쫄쫄 굶을 수도 있었기 때문이다. 그렇게 온갖 굴욕을 참으며 일하며 받은 돈을 어머니에게 몽땅 가져다 드렸다. 그리고 한 가지 사실을 더 깨달았다. 나에게 '캠퍼스 낭만'이란 가당치도 않은 사치라는 점을. 그리고 꿈에서 빨리 깨어나야 한다는 점을.

마침내 원서를 접수할 때가 왔다. 담임선생님은 내게 서울대에 지원할 것을 권했다. 400점 만점에 385점이니 당연한 이야기였다. 그런데 뜬금없이 어머니가 계명대 경찰행정학과에 지원하라고 했다.

당시 입시제도는 대학교 또는 대학교 중에서도 학과별로 [가, 나, 다] 군으로 나누어져 있고, 가군에 속한 어느 대학이나 학과에 입학 신청을 하면, 나머지 가군에 속하는 다른 학교나 학과는 입학 신청을 하지 못하는 입시제도였다.

그런데 어머니께서 말씀하신 계명대는 서울대와 같은 나군에 속하는 학교였고, 계명대를 가라는 말은 곧 서울대에 가지 말라는 의미였다. 나는 어이없어하며 "그럴 순 없다"고 버텼다. 하지만 이상하게 어머니도 물러서지 않았다. 계명대에 가지 않으면 아예 대학을 보내지 않겠다는 심산이었다.

'빨리 경찰공무원이 되라는 뜻인가?'

당시는 정말이지 '목구멍이 포도청'인 상황이었다. 어머니가 끝까지 의지를 굽히지 않자, 나는 아예 대학 진학이 어려워질 수 있다는 걱정마저 들었다. 결국 학교를 찾아가 선생님에게 계명대에 입학원서를 내겠다고 했다. 그러자 이번에는 교무실이 발칵 뒤집혔다. 선생님은 내 수능 성적으로 갈 수 있는 학교와 학과들을 보여주며, 말도 안 된다는 행동이라고 손사래를 쳤다. 여러 번 실랑이를 벌인 끝에 가군에는 연세대를, 나군에는 계명대를, 다군에는 숙명여대를 지원하는 것으로 선생님과 합의를 봤다.

학교 입장에서도 재학생의 상위권 합격률이 중요하므로 나군에서 서울대를 포기하는 대신 나머지 군에는 학교가 나름 내보일만한 합격통지가 필요했던 것이다.

원서를 낸 세 군데 학교로부터 모두 합격 통보를 받았다. 학교에서 내건 합격 축하 플래카드에는 가지도 않을 연세대가 나의 합격 학교로 표시되어 있었다. 하지만 나는 생각지도 않던 계명대에 진학했다. 장학금은 받았지만, 돈 때문에 소중한 꿈이 꺾여버린 것 같은 나는 다시 한(恨)이 맺혔다. 떨어지는 나뭇잎만 보아도 절로 웃음이 나온다는 스무 살 첫봄을 나는 그렇게 우울하게 맞이하고 말았다.

PART 2

격랑의 파도를 헤치고

9. 그해 여름

대학에 입학하자 45일 연속으로 술을 마셨다. 어차피 돈이 없어 망한 인생 '그냥 망해봐라' 하는 심정으로 자해하듯 술을 연달아 마신 것이다. 남들은 단 1점이라도 성적을 높이기 위해 안간힘을 쓴다. 조금이라도 좋은 대학에 가려고 치밀하게 원서 전략을 짜며, 발버둥을 치는 것이 정상이다. 그런데 나는 오히려 하염없이 적강(謫降)하고 말았다. 그것도 내가 아닌 가정환경과 어머니 의지 때문에. 이런저런 불만이 가득 치밀어 오르자 대학 생활을 시작하기도 전에 폭발할 것만 같았다. 그나마 유일한 위로는 캠퍼스와 교정이 무척 예뻤다는 점이다.

내가 진학한 경찰행정학과는 다른 학과와 차별화되는 독특한 단체문화를 가지고 있었다. 아무래도 학과가 학과이니만큼, 선후배 사이의 위계질서가 사관학교처럼 강했다. 선배가 말을 걸면 마치 군인들이 관등성명을 대는 것처럼 소속 학과와 학번, 그리고 이름을 크게 복창해야 했다. 그리고 항상 '동기는 하나'라는 세뇌 교육을 받았는데, 신입생들을 온종일 뺑뺑이를 돌리며 군기를 잡는 '기수 부여식' 전통도 있었다. 일주일에 두 번씩 단체복을 입고 뜀걸음으로 성서캠퍼스를 도는 단체 구보 행사도 참가해야 했다. 그래서인지 몰라도 경찰행정학과 동기들은 지금까지 끈끈한 동기애로 뭉쳐있다.

푸른 신록이 여기저기서 솟아오르던 4월 말 무렵이었다. 어느 날 동기들과 학교 앞 식당에서 점심을 먹고 있었다. 내 앞에는 '그'가 앉아있었다. 그는 포항 출신으로 키가 크고 샤프했으며, 선한 미소가 잘 어울려 제법 인기가 좋았던 친구였다. 그런데 '그'가 고향 이야기를 하던 중 별안간 내게 바다를 보러 가자고 했다.

"야, 바다 보러 갈래?"
"그래, 가지 뭐."
"진짜 간다?"
"그래, 진짜 가자고!"

나도 오기처럼 바다를 보러 가자고 답했고 우리는 그 길로 버스를 타고 포항으로 향했다. 마음만 먹으면 즉각 행동에 옮길 수 있는 젊음의 특권을 우리는 마음껏 즐겼다.

마침내 당도한 포항 앞바다는 넓은 모래사장이 있는 해수욕장이었다. 지금은 영일만 해수욕장으로 이름이 바뀌었지만, 당시에는 그냥 북부 해수욕장으로 불렸다. 4월 말이면 아직 물이 차기 때문에 바다에 들어가기에는 이르다. 하지만 발을 담그며 놀 순 있었다. 탁 트인 바다를 보니, 마음이 한결 편해지는 것 같았다. 그와 함께 말없이 해변을 거닐며 자연이 주는 충만함을 온 감각으로 받아들였다. 지금도 선명하게 그날이 기억난다. 자유롭게 떠다니는 갈매기들과 저 멀리 항구로 복귀하는 어선들. 어느 순간 그가 살며시 내 손을 잡았고, 나도 그 손을 놓지 않았다. 이상하게 놓을 수 없었다. 우리는 그렇게 자연스레 사귀는 사이가 됐다. 포항으로 떠날 때는 친구였지만, 돌아올 때는 연인이 되었다.

풋풋한 새내기 커플은 이후 한시도 떨어지지 않고 붙어 다녔다. 동기들 사이에서는 '닭살 커플'로 불렸다. 그는 대학 입학 전 아르바이트를 해서 400만 원을 모았는데, 나와 연애하면서 그 돈을 다 써버렸다. 그해 여름방학에 그와 나는 자동차를 한 대 빌려 7번 국도를 타고 일주일간 정동진으로 여행을 떠났다. 남은 방학 기간에는 그의 본가에 머물렀다. 그의 부모님은 지금 생각해도 참 다정다감하고 좋은 분들이었다.

그의 아버지는 가정에 충실하고 믿음직했다. 무엇보다 언품이 훌륭하셨는데, 자녀들에게 항상 다정하게 말씀하셨다. 따뜻하고 책임감 있는 가장의 면모를 갖추고 계셨다. 어머니도 살뜰하게 살림을 보살피면서 남편과 자녀들에게 헌신하는 전형적인 현모양처였다.

나는 이러한 장면이 너무나 생소했다. 어린 시절 아버지에게 버림받고, 생활고에 시달리며 험악한 세월을 보내야 했던 나로서는 처음 목격하는 이상적인 가정의 모습이었다. 내가 보지 못했던 남성의 모습이었고, 부모의 형상이었다.

'이런 게 가족이라는 건가…'

그도 이런 부모님을 닮아 정이 많고 믿음직했다. 무엇보다 내게 많은 사랑을 주었다. 청춘의 시기에는 오직 그 시절에만 가능한 사랑이 있다. 불길처럼 맹목적이고, 헌신적인 그런 성실한 사랑. 처음 세상에 나올 때부터 알 수 없는 냉대와 멸시를 받았던 나는, 그가 베풀어준 계산 없는 사랑 때문에 한층 더 성숙할 수 있었다. 나는 그의 생일이면 그의 부모님께 직접 연락을 드려 "낳아주셔서 감사합니다"라는 인사를 건넬 정도였다.

그의 누나는 당시 중국 베이징에 유학을 가 있었다. 그의 군입대를 앞두고 여름에 가족이 함께 중국 여행을 가려고 하는데, 그의 아버지께서 자신은 나중에 가도 되니 "주희를 데려가라"고 했다. 그렇게 얼떨결에 합류한 나는 생애 첫 해외여행을 하게 되었다. 여행하는 2주 동안 그의 어머니와도 많은 대화를 나눴던 기억이 난다. 그의 부모님은 모두 20대 초반에 결혼을 하셨다. 그렇기 때문에, 아마도 나를 며느리로 일찌감치 점찍어 놓고 계셨던 것 같다. 나도 그와 결혼

하면 어떤 삶을 살게 될지 진지하게 상상하기도 했다.

하지만 우리의 사랑은 끝내 이어지지 못했다. 그와 사귀고 1년 반이 지날 무렵 그는 군에 입대했다.

"건강하게 다녀와."

그를 배웅하기 위해 그의 부모님과 함께 논산훈련소까지 따라갔다. 당연히 제대할 때까지 기다린다고 생각했다. 처음 9개월 동안은 하루도 빠짐없이 일기를 쓰듯이 매일 편지를 썼다. 하지만 감정은 감정이고 현실은 현실이었다. 대학교 3학년이 되자, 나는 미래를 걱정하지 않을 수 없었다. 고심 끝에 운명을 바꾸기 위한 승부수를 띄우기로 했다. 그것은 다름 아닌 사법시험 도전이었다. 입시에서는 여러 가지 사정 때문에 목표했던 성과를 얻는 데 실패했다. 하지만 여전히 나는 공부에 자신이 있었고, 세월이 더 가기 전에 인생을 건 건곤일척(乾坤一擲)의 승부를 펼치려 벼르고 있었다.

'우리나라에서 가장 어려운 시험에 통과해 나를 증명해야겠다.'

그런 상황 속에서 연애는 불가능했다. 본격적으로 고시촌에 입성해 휴대폰을 완전히 없애버리기 전에는 드문드문 그에게 연락이 왔다. 그럴 때마다 나도 마음이 흔들렸다. 이 친구에게 계속해서 마음을 의탁한다면 나는 이 사법시험이라는 험지를 중도 포기할 것만 같은 생각이 들었다. 그와의 관계를 유지하면서 고시 합격의 꿈을 이루기는 어려워 보였다. 아쉽지만 나는 그와의 인연을 끊어야 했다.

헤어질 때는 매정하게 행동해야 한다. 그렇지 않으면 미련이 남는다. 출항하는 배가 자꾸만 항구를 쳐다보면 더 큰 바다로 나아가지 못한다. 나는 이를 악물고 그를 내 삶에서 밀어냈다. 살면서 한 결정들 중, 내 성공을 위해 버려야 했던 것 중 가장 아픈 손가락이다.

그와의 만남과 교제는 내 인생에서 가장 푸릇하고 찬란했던 한 페이지로 남아있다. 돌이켜 보면 그 당시 우리는 서로를 성숙하게 만들기 위해 인연을 맺었던 것 같다. 나는 그의 가족을 통해 난생처음 '홈 스위트 홈(home, sweet home)'이라는 감정을 느꼈고, 가족들 사이에서 사랑과 유대가 존재함을 깨달았다. 덕분에 한층 더 성장할 수 있었다.

먼 훗날 다시 '그'와 만났을 때, 나는 담담하게 내 마음속 진심을 전했다.

"네가 나를 사람으로 만들었다. 어둡고, 상처 입은 나를 진짜 사랑으로 보듬어줬기에 너를 통해 처음으로 세상에 안전하고 따뜻한 곳이 있다는 것도 알았다."

짧지만 강렬했던 그해 여름. 포항의 너른 앞바다와 정동진의 추억을 나는 영원히 잊지 못할 것이다.

10. 고독한 고시생 이야기

사법시험을 준비하게 된 이유는 순전히 우연한 계기 때문이다. 고등학교를 이과로 전공한 나에게 문과 학과들에 대해서는 아무런 목표나 지향점이 없었다. 그저 어머니의 강권으로 입학한 경찰행정학과였고, 경찰이 되는 것에는 관심이 없던 나였다.

그런데 경찰행정학과 커리큘럼에는 법학개론 과목이 있었다. 강의는 형법을 전공하신 임상규 교수님(현 경북대학교 교무처장)께서 진행하셨는데, 어느 날 교수님께서 법학개론 강의를 진행하시던 도중 다음과 같이 말씀하셨다.

> "경간(경찰간부후보생 시험)을 준비하는 사람들은 사법시험 응시도 한번 고민해봐라."

어쩌면 그냥 흘려들을 수도 있는 말이었다. 그날 함께 강의를 들었던 학생 대부분은 이러한 권고를 진지하게 새겨듣지 않았다. 하지만 나는 달랐다. 교수님 말씀이 예사롭게 다가오지 않았다. 어떤 운명적인 끌림을 느꼈다.

그날 이후 나는 혼자서 사법시험 과목은 어떤 것이 있는지, 어떻게 준비해야 하는지 여러 가지 경로로 찾아보았다. 주변에 사법시험을 준비하는 사람이 없어 스스로 알아봐야 했다. 사법시험을 치르기 위해서는 응시 자격으로 법학 과목을 35학점 이상 선행 이수해야 하고, 시험이 1차와 2차로 나뉘어 치러진다는 사실도 처음 알았다. 그리고 어학 능력을 검증하기 위해 토익도 700점을 넘겨야 한다는 것도 알게 되었다.

> '비록 대학교는 내가 원하는 대로 가지 못했지만, 나는 여전히 공부에 자신이 있어. 내 운명을 바꾸기 위해서라도 사법시험에 꼭 합격해야겠다.'

일단 나는 응시 조건인 법학과목 선행 이수를 위해 전공과목인 경찰행정과목은 제쳐두고 법학 과목만 꼬박꼬박 신청해 들었다. 그렇게 35학점을 채우고 고시생들의 '메카'라고 불리는 서울 신림동 고시촌으로 무작정 올라왔다.

특별한 계획도 없었다. 정보를 알려줄 선배나 지인이 없었기 때문이다. 뾰족한 대책 없이 '일단 고시촌에 가면 뭐라도 되겠지'라는 막연한 생각이 머리를 채우고 있었다. 그때가 23살이었다.

패기는 가상했지만, 소득은 없었다. 신림동 독서실에 자리를 잡고 고시 공부를 하려 했으나, 처음 경험하는 화려한 서울의 야경은 20대 초반의 시골 아가씨 마음을 사로잡기 충분했다. 나는 서울로 올라온 목적을 잊은 채 신나게 놀러 다니기 시작했다. 낮에는 명동과 강남을 구경하고 밤에는 슬며시 클럽도 나다녔다. 그렇게 서울살이를 즐기다 보니 어느새 반년이 속절없이 지나가 버렸다. 그러자 불현듯 정신이 들었다.

'이렇게 지내면 죽도 밥도 안 되겠는데… 다시 대구로 내려가야 하나?'

고민을 거듭하던 찰나에 다시 한번 기적이 일어났다. 마치 우연의 일치처럼 어머니가 서울로 자리를 옮긴 것이다. 어머니는 내가 대학에 입학하자마자 곧바로 출가하셨다. 출가는 어머니의 오랜 꿈이자 본래 있어야 할 자리였다. 어머니는 내가 성인이 되자마자 홀가분한 마음으로 속세의 모든 짐을 내려놓고, 동해 운주사에서 수계를 받아 정식으로 불법(佛法)에 귀의하셨다. 불자가 된 어머니가 때마침 수행과정의 일환으로 서울 광진구에 있는 한 포교원에서 일하게 된 것이다. 어머니는 성실히 공부하지 않는 내 모습을 보고 끌끌 혀를 차며 말씀하셨다.

"그런 식으로 지내려면, 당장 이곳으로 건너오거라."

할 말이 없어진 나는 짧은 신림동 생활을 청산하고 어머니가 있는 구의동으로 다시 거처를 옮겼다. 그리고 구의시장 인근에 있는 '주희 독서실'에 등록해 다시 공부를 시작했다.

공교롭게도 독서실 이름이 내 이름과 같았다. 초중고 시절, 공부에 대해서만큼은 단 한 번도 나를 다그치지 않았던 어머니가 이번에는 "성실히 공부하라"며 독촉했다. 뜻하지 않게 동네 독서실의 장기 투숙객이 된 나는 다시 책을 잡고 공부에 몰두하기 시작했다. 일단 10월부터 3개월간 1차 시험을 준비해 치르고 난 뒤, 시험이 어떻게 진행되는지 감을 잡았다. 그리고 내년 합격을 목표로 공부에 매진했다.

이 시기에 순경시험을 준비하던 독서실 총무 오빠와 공무원 시험을 준비하던 언니와도 친해졌는데, 가끔씩 총무 오빠가 자리를 비우면 내가 대신 데스크를 봐주기도 했다. 12월 31일 독서실 마감도 함께 했다.

당시 나의 일과를 묘사하면 이렇다. 일단 오전 9시쯤 일어나 간단하게 아침을 먹은 뒤 독서실로 가서 전날 공부한 내용을 복습하는 등 브레인스토밍을 한다. 점심 식사 이후에는 되도록 자리에서 일어나지 않고, 밤 11시에서 12시까지 쉬지 않고 공부하는 강행군을 펼쳤다.

고시학원에 다니지 않았기 때문에, 나는 테이프 강의에 많이 의존했다. 수능시험에서 국·영·수가 중요하듯 사법시험에서는 기본 3법으로 불리는 헌법·민법·형법이 중요하다. 민법은 권순완 강사, 형법은 이인규 강사, 헌법은 황남기 강사의 강의 테이프를 구해 카세트에 넣고 들으며 책을 독파해 나갔다. 리시버를 통해 흘러나오는 강사의 설명을 들으며 차분하게 교재 내용을 이해해 나갔다. 1차 문제집은 우편으로 주문해서 받아 풀었다. 이 시기에 스펀지가 물을 빨아들이듯 법학 내용을 흡수했는데, 판례로 세상을 경험하는 느낌이었다. 처음 접하는 내용이 많아 그저 공부가 재미있었고 그렇게 회독 수를 늘려가며 공부에 집중하니, 머릿속에 법학 지식이 차곡차곡 쌓이는 기분이 들었다.

공부 방법은 기본적으로 수능시험을 준비할 때와 같았다. 처음에는 문제집에 표시하지 않고 선지의 오엑스(O/X)를 맞춰봤다. 두 번째 풀 때는 연필로 정답을 마킹한 다음 지우개로 지우고 다시 풀었다. 만일 틀린 문제가 있다면 별도로 체크해둔 뒤에 틈나는 대로 읽어서 두 번 다시 틀리지 않도록 확실하게 외워뒀다. 그런 방식으로 같은 문제집을 최소한 다섯 번 이상 풀었다. 그랬더니 주요 학설과 판례를 자연스레 암기하게 됐다. 요컨대 '책 한 권을 완전히 마스터

한다'는 공부 방법은 고시에서도 먹혔다. 불안한 마음에 자꾸 다른 문제집을 곁눈질하면 요령부득이 된다.

식사는 오로지 된장찌개와 쌀밥뿐이었다. 어머니도 하루 12시간씩 예불과 참선을 해야 하는 수행자였기에 최대한 간소하게 드셨다. 그렇게 1년 열두 달 나는 된장찌개만 먹었다. 하지만 이상하게도 질리지 않았다.

살면서 이렇게 열심히 공부했던 기억이 없다. 구의동 독서실에서의 생활은 그야말로 '몰입' 그 자체였다. 하지만 마지막 순간까지 나를 불안하게 만든 건 학원에 다니지 않았다는 점이다. 고시촌과 멀리 떨어진 곳에서 홀로 공부하려니 정보력과 시험 감각에서 아무래도 뒤처질 수밖에 없었다. 어찌되었든 나로서는 할 수 있는 모든 것을 쏟아부어 최선을 다했다. 만반의 준비를 마치고 2008년 1월 사법시험 1차 시험을 치렀다. 시험 당일에도 불안한 마음에 답안지에 마킹을 하면서 손이 덜덜 떨렸다.

결과를 확인하니, 한 문제 차이로 고배를 마시고 말았다. 왠지 모를 배신감이 밀려왔다. 고시는 수능과 체급부터 달랐다. 아무래도 학원에 다니지 않고 혼자서 준비하는 데는 한계가 있다고 판단했다. 1차 시험 낙방의 충격으로 공부를 하는 둥 마는 둥 했다. 지난해처럼 열심히 공부할 자신이 없었다. 법학 서적이 손에 잘 잡히지 않았다.

그렇게 허송세월을 하던 참에 신림동에서 고시 공부를 하던 고등학교 동창에게서 연락이 왔다. 모 학원에 조교 자리가 났는데 지원할 생각이 있느냐는 것이었다. 조교의 역할은 진도별 모의고사 강의에서 촬영 카메라를 돌리는 역할이었다. 3개월간 일할 수 있고, 조교가 되면 학원비를 내지 않아도 된다는 조건이었다.

'이건 기회다!'

나는 주저 없이 조교에 지원하겠다고 말했다. 학원비를 내지 않아도 되는 조교 자리는 내게 천재일우(千載一遇)의 기회였다. 나는 어떻게든 이 동아줄을 잡아야 했다. 하지만 학원비는 그렇게 해결한다고 해도, 신림동에서 지낼 숙식비가 없었다. 고시생 신분에 구의동에서 신림동까지 오갈 수도 없었다. 만일 그렇게 하면 교통비가 더 많이 들 것 같았다. 열심히 방을 찾아보니 월세 23만 원짜리 하숙집이 하나 나와 있었다.

어쩔 수 없이 나는 어머니에게 다시 부탁드렸다. 이번 한 번만 도와달라고 했다. 하지만 수행자 신분이었던 어머니도 형편이 여의치 않았다.

"꼭 거기에 가야 되나?"

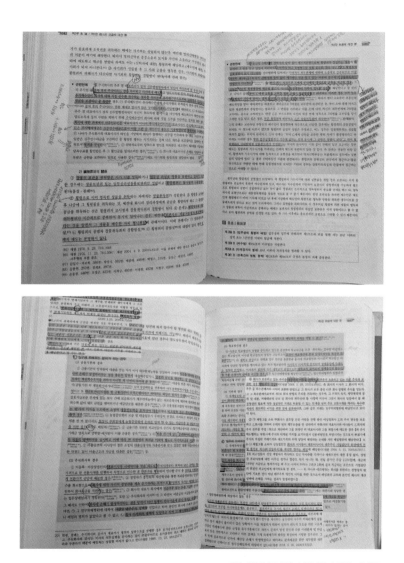

사법시험을 준비하며 공부했던 법학 서적들.
같은 교재를 여러 번 반복해서 숙독하는 것이 큰 도움이 된다.

어머니가 주저하듯 말했다. 된장찌개와 쌀밥도 버거운 형편이었으니 주저하게 되는 것이 당연했다. 그러나 나는 딱 3개월만 학원에 다니겠다고 어머니를 설득했다.

"엄마, 지금 이 시간, 이 시기는 나중에 돈으로 살 수 없는 기회야. 이번엔 꼭 가야 해."

절박한 심정이었다. 합격이냐, 불합격이냐의 갈림길에서 나는 어떻게든 살아남아야 했다. 시험에 합격하지 못하면 다시 밑바닥으로 주르륵 미끄러질 수 있다는 급박한 마음이 들었다. 그러자 어머니가 어디선가 월세를 변통해오셨다. 그렇게 마련한 소중한 돈을 손에 꼭 쥔 채 나는 다시 고시촌으로 향했다.

11. 마침내 사법시험에 합격하다

2009년 1차 시험을 앞두고 나는 배수진을 치며 공부했다. 다시 탈락의 기분을 맛보기는 죽기보다 싫었다. 그 사이 정부에서는 법학전문대학원(로스쿨)제도가 도입되고 2009년에는 정식으로 로스쿨이 입학생을 받으며 사법시험은 폐지의 길을 걸었다. 따라서 사법시험 합격자 수를 단계적으로 줄인다는 보도가 나왔다. 설상가상으로 1차 객관식 시험은 기존에도 복잡다단하던 5지 선다형에서 8지 선다형으로 더 어렵게 변경되었다. 정말이지 떨어뜨리기로 작정한 시험처럼 느껴졌다.

하지만 이번에는 반드시 합격해야 한다는 부담감이 몰려왔다. 사법시험은 누가 뭐래도 고부담 시험이다. 시험장에서 두뇌를 풀로 가동해야 하기 때문에 열량 소모가 빠르다.

1차 시험은 오전에 헌법과 선택과목을 치고 점심시간에 도시락을 먹은 후 형법과 민법을 치른다. 그런데 시험 당일 어머니가 싸주신 도시락을 열어보니 수저가 없었다. 도시락을 싸본 일도 별로 없으신 데다 어머니께서도 긴장감에 깜빡하신 듯했다. 수저를 사려고 시험장 밖에 나가거나, 주변 사람들에게 빌리기도 뭐해서 나는 그냥 점심을 굶고 말았다. 그런데 점심을 먹지 않으니, 당이 점점 떨어져 정신이 혼미해졌다.

그렇게 점심도 거른 채 형법 시험까지 치른 후 오후 3시 즈음하여 민법 시험을 마주했다. 민법은 양이 매우 많고, 문제도 어렵다. 10번 문제로 2점짜리 유류분 계산 문제가 나왔는데, 이상하게 문제가 잘 읽히지 않고 계산도 되지 않았다. 단순한 산수 문제 때문에 끙끙 앓다가 시계를 보니 남은 시간은 50분 남짓이었다. 그런데 풀어야 할 문제는 40여 개였다.

당이 떨어져 정신을 못 차리고 감이 떨어진 것이다. 그제야 제정신을 차리고 애먹이던 10번 문제를 제쳐둔 채 다음 문제부터 풀어나갔다. 푼 문제를 검토할 시간은 당연히 없었다. 부랴부랴 답안지를 마킹한 뒤 다시 10번 문제로 와서 계산을 마쳤다. 시험을 마치고 난 후에는 허겁지겁 마친 민법 시험으로 인해 잘 쳤다 못 쳤다를 논할 감각도 없는 상태로, 요즘 말로 하자면 말 그대로 '멘붕' 상태에 빠져 공허하게 집으로 돌아왔다.

이튿날 가채점을 해보니 다행히 평균 점수 90점대를 넘기며 안정적인 합격 점수가 나왔다. 마침내 성적이 발표되었다. 걱정했던 민법은 고득점인 93점을 받았고, 1차 시험 전국 등수는 최상위권인 38등이었다. 간신히 마음을 놓을 수 있었다.

사법시험 2차는 6월 말에 치러졌다. 준비가 되지 않은 상태여서 일단 경험 삼아 친다고 생각하고 마음 편하게 시험을 봤다. 그 시기 어머니가 다시 거처를 옮겼는데, 하필이면 경주시 건천읍에 있는 절이었다. 서울에 혼자 남을 형편이 되지 못했던 나는 어머니를 따라 경주로 내려갔다.

2차 시험은 주관식 논술형으로 치러지기 때문에 1차 시험보다 학원의 도움이 더 절실하다. 시간 내에 답안지를 정서(精書)하는 법을 익혀야 하기 때문이다. 그런데 나는 경주에 내려와 있으니, 그런 훈련을 받을 길이 없었다. 경주의 절은 낡은 주택을 개조해 만들어졌는데, 자갈이 뿌려진 마당이 있고 안에 조촐한 법당이 마련돼 있었다. 2층에는 다락방이 있었다. 너무 오래돼 외풍이 심했다. 나는 다락방에 이불을 깔고 지내며 어머니의 식사 공양을 돕는 등 살림을 돌보며 지냈다. 절에는 작은 텃밭이 딸려 있었는데, 어머니께서 소일거리로 하는 텃밭 농사를 돕고 고추며 가지를 따와 반찬을 만들고 된장찌개를 끓여드렸다.

고시촌을 떠나오니 도무지 공부가 되지 않았다. 부득이하게 온라인 강의를 신청해 수강했다. 그런데 인터넷에 접속하니 자꾸만 포털 사이트 뉴스를 검색하거나 온라인 쇼핑몰을 구경하는 등 딴짓을 하게 됐다. 의욕이 점점 사라지면서 공부도 손에서 내려놓게 됐다. 혼자 멍하니 있다가 미국 드라마를 시즌별로 정주행하기도 했다.

'이제 겨우 힘들게 1차 시험에 붙었는데… 이 천금 같은 기회를 허무하게 날려야 하나?'

한숨만 나왔다. 어느 날 밤에 홀로 잠이 깨어 다락방 문을 열어보았다. 별빛조차 하나 없는 컴컴한 어둠이 끝없이 펼쳐졌다. 시골은 도시와 달리 불빛이 별로 없다. 새벽이나 한밤중에는 한 치 앞도 보이지 않는 짙은 어둠이 공간을 지배한다. 누군가에게는 멋진 경치일 수 있지만, 내게는 암울한 미래를 상징하는 듯 보였다. 하염없이 밖을 쳐다보며 신세 한탄을 했다.

'이 캄캄한 어둠이 정녕 내 미래인가…?'

마음이 울적해지면서 우울감은 심해지고 다시금 죽음을 떠올렸다. 다락방으로 올라가는 2층 계단을 보며 '여기에 목을 매면 죽으려나'라는 생각을 반복했다. 1차 시험 합격 후 휴학 기간을 모두 써버려 계명대학교를 자퇴해야 했기에 학력도 고졸인 상태였다. 그런데 이 천금 같은 기회를 놓치면 이젠 돌아갈 학교도 없고 그저 가진 것

없는 가난한 20대 중반의 백수가 되는 셈이다. 답답한 상황을 돌파할 힘이 없던 나는 그저 그대로 죽고 싶었다.

그런 나를 보면서 어머니가 안 되겠다고 여겼는지, 작은 강아지 한 마리를 입양해 오셨다. 강아지 이름은 '반야'로 정했다. 반야는 산스크리스트어(語)로 지혜를 뜻한다. 새로 생긴 반려동물이 의외로 큰 힘이 됐다. 그 작고 예쁜 생명체를 보면서 나는 행복감을 느꼈다.

하지만 힐링은 힐링이고 성적은 성적이다. 경주에서는 아무리 용을 써도 2차 시험을 대비하기 어려웠다. 그렇게 반년을 보내자 어머니가 어디선가 돈을 빌려오셨다. 나는 그 돈이 마지막 '군자금'이라 생각했다. 2차 시험이 6개월가량 남은 1월에 나는 그 돈으로 고시촌에서 작은 원룸을 구할 수 있었다. 그동안 허비한 시간이 아까웠지만, 뒤돌아볼 여유가 없었다. 내게는 실패가 허락되지 않았다.

원룸을 구한 이유가 있다. 고시촌 독서실에는 시험을 앞두고 과민한 사람들이 많아 자못 신경이 쓰였기 때문이다. 책장을 조금만 세게 넘겨도 금세 '조용히 하라'는 포스트잇이 자리에 덕지덕지 붙는다. 나는 원룸에서 혼자 공부하기로 하고 나만의 커리큘럼을 짜서 압축적으로 공부했다. 이미 1년의 세월을 흘려보냈기 때문에 6개월 동안 공부 내용을 집약해서 합격권 안에 들어야 했다. 학원을 가는 것도 사치여서 일단 문제집만 사서 풀었다. 헌민형 기본 3법은 그래도 1차 시험 때 공부해놓은 게 있어 단권화 작업만 했다. 단권화는 시험에 나올 부분을 한 권의 책에 요약하는 것이다. 이른바 '야마'를 잘 잡는 나는 단권화 작업에 강했다. 2차 시험에서는 후사법이라 부르는 상법, 행정법, 민사소송법, 형사소송법 과목이 추가된다. 나는 핵심적인 내용을 짧게 노트로 만들어 요약하고 시험장에서 현출할 수 있도록 집중적으로 암기했다.

하루를 삼분할해서 오전에는 배점도 가장 크고 분량도 많은 민법을 상시적으로 공부하고, 오후에는 후사법을, 저녁에는 헌법, 형법을 공부하는 생활을 이어나갔다. 가장 어렵게 느낀 과목은 행정법이었는데, 지나치게 두꺼운 교과서는 포기하고 박균성 교수님의 요약집으로 공부를 했다.

그렇게 2차 시험을 준비하는 6개월 동안 할 수 있는 모든 걸 다 했다. 더 이상 지식을 욱여넣을 수 없을 지경까지 극한으로 나를 몰아세웠다. 시험을 3일 앞두고는 7과목을 최대 순환으로 돌리며 두뇌를 풀가동했다. 그러자 반복 학습조차 불가능한 상황에 이르렀다. 이미 나의 두뇌가 받아들일 수 있는 임계점을 넘어버린 것이다.

마침내 결전의 날이 밝았다. 나는 이번 2차 시험은 남은 내 운명을 좌우할 분기점이라고 생각했다. 시험은 경희대 캠퍼스에서 치렀는데, 근처에 토요코인 호텔이 있어 그곳에서 일주일간 머물렀다.

호텔에서는 시험장까지 셔틀버스를 운행했고, 도시락도 팔았다. 나는 필승의 각오를 다지며 시험장에 들어섰다. 그런데 첫날 시험은 하필이면 내가 가장 두려워하는 행정법이었다. 심지어 1문도 내가 잘 모르는 주제였다. 나는 과감하게 첫 문제를 넘기고, 두 번째 문제에 집중했다. 첫 시험, 첫 과목을 망치는 건 수능 시절부터 이어진 나의 오랜 시험 징크스다. 사법시험 답안지는 모두 8페이지로 이뤄져 있다. 그런데 1문을 날리니 나는 6.5매만 적을 수밖에 없었다. 참담한 심정이었다.

그렇게 시험을 마치고 점심을 먹으니 모래알을 씹는 기분이 들었다. 아무런 감각이 없어서 무슨 맛인지 전혀 느껴지지 않았다. 그렇게 첫째 날 시험을 마무리 짓고 시험장을 나오며 혼자서 펑펑 울었다. 3박 4일 동안 진행된 2차 시험 내내 우울한 감정이 이어졌다. 호텔에 오면 반신욕을 하고 미드를 보면서 놀았다. 하지만 놀아도 마음이 편하지 않았다. 완전히 패잔병이 된 느낌이었다. 어머니에게 전화를 걸어 "인생이 망했다"고 하소연을 했다.

2차 시험을 마친 후에는 일절 공부하지 않았다. 할 여력도 없었다. 보통은 2차 시험을 치고 난 후 합격자 발표까지 다시 1차 시험을 준비하거나 다른 공무원 시험을 준비하지만, 나에게 다시 무언가를 준비하는 것은 경제적으로나, 체력적으로 무리였다. 무엇보다 모든 것을 걸었고 쏟아부었기에 더 공부할 마음이 전혀 들지 않았다.

합격자 발표일까지 4개월 동안 그저 사형선고를 기다리는 징역

수처럼, 이후의 계획도 없이 어둠 속 망망대해를 표류하는 심정으로 꾸역꾸역 하루하루를 지나 보냈다.

2차 시험 합격자는 10월에 발표가 났다. 5시에 공개될 예정이었는데, 아침부터 나는 초조하게 기다리고 있었다. 그런데 점심 이후 어머니가 갑자기 "너 합격했어"라고 말하고 법당으로 참선하러 가셨다. 이상하게 생각했지만, 떨어질 때 떨어지더라도 내 눈으로 확인해야 했기에 계속 '새로고침' 버튼을 누르며 명단이 나오기를 기다렸다. 그리고 마침내 4시 38분경에 합격자 명단이 컴퓨터 화면에 나타났다.

'11137908 최주희'

명단에 내 이름이 올라와 있었다. 순간 정신이 아득해졌다. 사람이 너무 충격을 받으면 자기 이름조차 인식이 잘 안 된다. 나는 몇 번이고 내 이름을 확인하며 "내 이름이 이렇게 생겼나?"라고 반문했다. 혹시 동명이인일지도 모른다는 생각이 들었다. 나는 수험번호를 확인하러 서울에 가봐야겠다는 둥 횡설수설하기 시작했다. 정신줄을 놓은 것이다. 그때 휴대폰으로 함께 스터디를 했던 고시 동료들에게서 축하 문자가 쏟아지기 시작했다. 그제야 현실 감각이 돌아왔다. 어머니와 함께 부둥켜안으며 합격의 기쁨을 누렸다. 어머니는 이제 됐다며 안도하셨다.

점수를 확인하니 가장 걱정했던 행정법은 턱걸이로 '면과락'을 했다. 하지만 다른 과목에서 고득점을 올려 합격할 수 있었다. 그렇게 나는 내 인생 모든 것을 걸고 도전한 한판 승부에서 당당히 승리를 거머쥘 수 있었다.

12. 혜화동의 나이 든 편입생

　보통 사법시험에 합격하면 이듬해 곧바로 사법연수원에 입소해 2년, 4학기 동안 실무교육을 받는다. 사법시험 횟수와 연수원 기수는 꼭 10기수씩 차이 나는데, 제52회 사법시험에 합격한 뒤 바로 연수원에 들어가면 사법연수원 제42기가 되는 식이다. 하지만 개인적인 사정으로 연수원 입소를 늦추는 사례도 있다. 유예기간 동안 학부 졸업을 하거나, 미뤄두었던 여행을 다녀오는 등 해를 넘기는 사정은 각기 다르다.

　나도 연수원 입소를 1년 미루기로 했다. 간난신고(艱難辛苦) 끝에 사법시험 합격의 꿈을 이뤘지만, 그 사이 계명대학교는 휴학 기간을 모두 써버려 1차 시험 합격과 동시에 자퇴하여 고졸인 상태였다. 무엇보다 그동안 계속 전진만 하느라 놓쳤던 부분들을 하나씩 매조지고 싶었다.

　나는 너른 시야를 키우고, 교양과 네트워크를 쌓기 위해 다소 늦은 감이 있지만 대학 공부를 다시 해보기로 했다. 그렇게 나는 성균관대학교 정치외교학과에 늦깎이 학부생으로 편입을 했다. 정외과를 선택한 이유는 의외로 단순하다. 나는 헌법을 공부하면서 시대 흐름에 따라 법령이 바뀌는 모습을 생생하게 익힐 수 있었다. 간통죄 규정처럼 한때는 사회 상식이었던 법률도 시대가 변하면서 위헌 결정을 받고 역사의 뒤안길로 사라진다.

'왜 그때는 맞고 지금은 틀리는가?'

내가 법을 공부하며 마음에 품고 있던 뿌리 깊은 의문이다. 내가 평생 다뤄야 할 법이 도대체 어떻게 생겨나고, 사라지는지 근본적인 배경을 알 필요가 있다고 생각했다. 혼자 궁구(窮究)하며 내린 결론은 법은 결국 정치의 산물이라는 것이다.

사람들은 국가라는 공동체를 이루고 살아간다. 공동체 내에서 더불어 함께 살기 위해서는 서로가 지켜야 하는 규범이 필수적이다. 그것이 바로 법이다. 그러면 규범은 어떻게 만들어지는가. 구성원들, 바로 국민 의사를 수렴해 만들어진다. 그러한 의사 수렴 과정이 바로 정치인 것이고, 따라서 정치를 알면 법학을 더 폭넓게 이해할 수 있을 것이라 판단했다.

28살 봄. 나는 다시 신입생이 된 기분으로 명륜동에 있는 캠퍼스에서 새롭게 출발했다. 이때는 예전과 달리 즐거운 마음이 가득했다. 무엇보다 사법시험에 합격하자 은행에서 1억 원의 마이너스 통장을 개설해줘 생활고에 시달리지 않을 수 있었다는 점이 가장 기뻤다.

> '돈 걱정을 하지 않고 공부를 할 수 있다는 기분이 바로 이런 것이구나.'

정외과 특성상 토론 수업이 많았다. 정답이 정해져 있는 법학과 달리, 정치학은 서로의 '다름'을 인정한 상태에서 상호 의견을 교환하고 설득하는 과정이 중요하다. 나는 예닐곱 살 어린 친구들과 함께 다양한 주제로 대화를 나누며 생각의 크기를 키워가는 데 집중했다. 나이가 어리다고 생각도 그러할 것이라는 내 편견은 여지없이 깨졌다. 오히려 어린 동생들에게 배울 점이 훨씬 더 많았다.

이들은 한층 깊은 사고를 보여주기도 하고 의견도 조리 있게 펼칠 줄 알았다. 그런 면면을 보면서 나이는 숫자에 불과하다는 사실을 다시금 깨달았다. 군대 문화가 강한 경찰행정학과에서 20대 초반을 보내고, 오로지 시험 합격이라는 목표를 향해 죽기 살기로 매진해온 나는 이들보다 견문이나 사회성이 떨어진다는 느낌을 받았다.

외국인 유학생과의 교류도 의식과 자아를 성장시키는 데 큰 도움이 됐다. 여름 계절학기가 되자 유럽에서 온 교환 학생들이 많아졌다. 나도 계절학기 수업을 들으며 외국어 학점을 따기 위해 이들과 교류했고, 자연스레 친분이 쌓였다. 특히 네덜란드에서 온 친구들과 친하게 어울렸다. 이들을 데리고 함께 제주도 여행을 떠나기도 했다. 외국인들과 한 달 동안 같이 지내며 영어 회화 실력도 크게 늘었다.

이쯤에서 나의 영어 학습에 대한 이야기를 하지 않을 수 없다. 가정형편이 좋지 않았던 나는 조기 유학이나 해외 연수 같은 프로그램을 참여한 적이 없다. 하지만 영송유치원에서 알파벳이나마 배운 덕인지 중학교부터 배운 영어이지만 암기 과목이라 어려움 없이 수능까지 마쳤고, 성인이 되고 난 뒤에도 생활 영어를 구사하는 데 어려움이 없게 되었다.

성균관대 재학 시절 외국인 친구들과 함께 떠난 제주도 여행.

그 이유는 '언어는 수단에 불과하다'는 인식이 강하게 자리 잡고 있었기 때문이다. 아무리 미국식 '버터' 발음을 흉내 내도 모국어가 따로 있는 이상 한계는 분명하다. 외국인은 외국인일 뿐이다. 따라서 핸디캡을 인정한 상태에서 의사소통에 방점을 두고 말을 틔우는 것이 우선되어야 한다고 봤다. 복잡한 문법이나 혀 꼬부라진 발음은 신경 쓰지 않았다.

가끔 보면 한국인들이 성문종합영어에서나 나올 법한 완벽한 문장을 구사하기 위해 애쓰는 모습을 목격한다. 안타까운 모습이다. 그보다는 영어라는 수단을 통해 내 생각을 잘 전달하고 있는지에 더 신경을 써야 한다. 어차피 한국말도 구어로 풀어내면, 정확하게 문법에 맞춰 말하는 경우는 별로 없다. 외국어도 마찬가지다.

결정적으로 영어를 잘하게 된 '귀'와 '입'이 트이게 된 계기는 의외로 고시생 시절이다. 나는 고시 공부를 할 때 머리를 식히기 위해 미국 드라마를 많이 봤다. 쉬는 시간마다 현실 도피하듯 독서실에서 이어폰을 귀에 꽂고 영어권 드라마들을 본 것이다. 그런 시간이 매일 쌓이고 해를 넘기니, 어느 순간부터 귀가 뚫리게 되었다. 그러자 모르는 단어가 나오면 인터넷으로 검색해 정확한 철자와 의미를 파악하고 입으로 따라 했다. 이렇게 몇 년을 반복하니 영어 실력이 꽤 늘었는데, 미국 여행을 갔을 때 신기하게도 나는 영어로 자유롭게 대화를 나눌 수 있었다.

독만권서 행만리로 교만인우(讀萬卷書 行萬里路 交萬人友)다. 책은 고시 공부를 하며 지겹게 봤으니 해외에 나가 견문을 넓힐 필요가 있다고 봤다. 제주도 여행을 마친 뒤에는 홍콩과 뉴욕을 여행하며 세상은 넓고, 다양한 사람들이 산다는 사실을 체득했다. 마음껏 자유를 만끽하며 지구별을 두루두루 여행했다. 마치 예전에 즐기지 못한 젊음과 청춘을 보상받기라도 하듯 최선을 다해 그 시절을 보냈던 것 같다.

뜻깊은 경험도 많았다. 학교에는 북한 이탈 주민 출신 학생들이 있었는데, 그들이 주축이 되어 만든 동아리도 존재했다. 주로 대한민국에 정착한 새터민들에게 과외를 해주는 동아리였다. 나는 그들이 개최한 한 행사에서 히로시마 원폭 피해를 입은 할아버지를 초청해 인터뷰를 진행하며 과거 역사에 대해서도 깊이 생각하게 되었다. 특히 일본에서 재일교포로 살며 당했던 무수히 많은 차별을 말씀할 때, 우리나라의 새터민들이 처한 현실이 거울처럼 비춰졌다.

쑥스럽지만 연애를 하기도 했다. 교제 상대는 캐나다와 스페인 등 외국에서 오랫동안 살던 동갑내기 S였다. S는 자유로운 영혼으로 그동안 내가 만났던 사람들과는 완전히 달랐다. 그 친구 역시 계산 없이 주는 사랑으로 나를 돌보아주었고, 다른 환경에서 자란 그 덕분에 내가 모르고 관심도 없던 '부에나비스타소셜클럽' 같은 남미와 스페인 등 다양한 장르의 문화를 알게 되었다. S는 졸업 후 유창한 영어와 스페인어 실력을 기반으로 한 대기업에 취직해 남미에서 근무하다 최근에는 사진작가로 전향해 스튜디오를 운영한다고 들었다. 비록 지금은 헤어졌지만, 창의적이고 생산적인 그의 자유로움에 응원을 보내며 대성하기를 기원한다.

1년 동안 보낸 명륜동에서의 '외도'는 내 인생에서 큰 축복이었다. 대구와 경북이라는 지역적 한계에 얽매이고, 고시 공부만 하며 사회와 동떨어져 지낸 내가 다양성의 가치를 새롭게 배운 시기였다. 사법연수원 입소를 미루고 다시 학부 생활을 했던 건 지금 돌이켜봐도 훌륭한 선택이었다. 누구에게나 나처럼 부족함을 메우는 시기가 꼭 필요하다. 좁은 우물에서 나와 넓은 세상을 체감하고, 그 속에 뛰어들어 시야를 넓혔던 그때는 잊지 못할 순간들이다. 뉴욕의 마천루와 홍콩의 야경, 두바이의 화려한 정취도 잊을 수 없다. 성균관대 시절 인연을 맺은 선후배, 동기들과는 지금도 좋은 관계를 유지하고 있다.

하지만 찬 바람이 다시 불기 시작했다. 이제 나는 슬슬 원래의 자리로 돌아와야 했다. 1년 동안 최선을 다해 학교에 다닌 덕에 학점을 상당 부분 채워놓아 남은 학기는 연수원을 다니며 병행해도 졸업에 큰 지장이 없었다. 나는 다시 짐을 챙겨 일산으로 떠날 준비를 했다. 그리고 2012년 사업연수원에 제43기로 입소했다.

13. 사법연수원에 들어가다

사법연수원은 잔인한 공간이다. 이미 지옥 같은 경쟁을 거쳐 사법시험을 통과한 사람들을 대상으로, 다시 1등부터 꼴등까지 석차를 매기는 레이스를 개최한다. 성적대로 순위가 정해진다는 점에서 공정하지만, 그러한 공정함의 바탕에는 개인 사정 따위는 봐주지 않는 철저한 냉정함이 깔려있다.

내가 사법연수원에 들어갈 당시에는 법조인 교육과 양성이 법학전문대학원(로스쿨)으로 막 바뀌어 가던 전환기였다. 따라서 사법시험 합격 인원도 단계적으로 감축되고 있었다. 1,000명 안팎이던 합격자가 내가 합격하던 2010년 제52회 시험에서는 800명으로 줄었다. 하지만 연수원 입소를 유예하다 해를 넘겨 합류하는 사람이 많았기 때문에 우리 기수는 1,000명대를 유지했다.

나는 8반 B조에 속했다. 지도교수님은 이승택 부장판사님(현 중앙선거관리위원)이셨는데, 딱딱하고 무거운 부장판사님이라기보다 열린 사고로 소통하며 쿨(cool)한 어른의 모습을 자주 보여주셨다. 사법연수원 교수진은 각 반에 3개 조로, A·B조는 부장판사, C조는 부장검사가 담당하고, 그 외 내로라하는 로펌의 변호사들이 변호사 과목의 강의를 맡았다. 따라서 강학(講學)적 성격이 적고, 기본적으로 '고시'이다 보니 판사, 검사를 양성하기 위한 판결문과 공소장, 불기소처분장을 작성하는 수업이 주를 이루었다.

공부에서만큼은 전국에서 난다긴다하는 수재들만 모이다 보니, 누가 채근하지 않아도 각자 알아서 독하게 공부를 했다. 당연히 경쟁은 옥상옥(屋上屋)이었다. 사법연수생 중에는 학창 시절 전교 1등 한 번 해보지 않은 사람이 드물었다. 최고의 명문대에서 수석, 차석을 차지한 사람이 즐비했고, 동네와 친지 사이에서 나름 전설로 통하는 공부 도사들이 꽤 있었다.

연수원에서 새롭게 알게 된 사실이 하나 있다. 세상에 '천재'가 정말 많다는 것이다. 천재들의 생각 속도와 두뇌 용량은 아예 차원이 달랐다. 이들의 탁월함은 나 같은 범인(凡人)은 아무리 노력해도 넘을 수 없는 거대한 벽이었다.

'아니 이렇게 머리가 좋은 사람들은 나사(NASA) 같은 곳에 가서 지구를 구해야 하는 거 아니야? 왜 여기서 판검사가 되려고 하지?'

지도교수님인 이승택 전 부장판사님, 그리고 동기들과 함께.

　'공부 귀신'들을 가까운 거리에서 지켜보니 절로 탄성을 자아내
게 만드는 장면이 많았다. 하지만 한편으로는 안타깝다는 생각도 들
었다. 무엇보다 국가적 인재들이 적재적소에 쓰임 받지 못하고 별로
생산적이지 않은 법조계에 집중되는 현실에 깊은 아쉬움을 느꼈다.
사농공상의 망국적 이데올로기가 아직 뿌리 깊게 남아있기 때문이
라고 혼자 생각했다.

　다른 한 가지는 집안 배경이 훌륭한 사람들이 정말 많았다는 점
이다. 많은 연수생의 부모님이 법조계 중진이거나 의사, 교수 등 전
문직 종사자들이었다. 그 밖에도 이름만 대면 알만한 대기업 임원이
거나, 정치인, 정부 관료 등 사회적 지위가 높은 사람이 태반이었다.
쌀 한 톨 나오지 않는 옥탑방에서 출발해 거친 세상을 홀로 헤쳐온

나로서는 처음 보는 신기한 모습이었다. 첫인상만 봐도 귀한 집 도련님, 아가씨 이미지를 가진 사람들이 대다수였다. 타고난 집안 배경에 더하여 사법시험이라는 어려운 장벽까지 통과한 사람들의 집합이다 보니, 어쩔 수 없이 사법연수원은 엘리트 의식이 강하게 지배하고 있었다. 모임을 열어도 호텔에서 개최하고, 함께 하는 식사도 으레 좋은 곳에서 하는 것이 관례였다. 된장찌개와 푸석한 백반에 만족하며 살던 나는 한우고기가 그렇게 부드럽고 맛있는지 연수원에서 처음 알았다. 연수원은 이렇게 엘리트화가 이뤄지는 얼마 안 되는 특수한 공간이었다. 그렇기 때문에 본능적으로 나는 '이들과 다르다'라는 생각을 했다.

가끔 '너희들이 과연 세상의 진짜 모습을 어찌 알겠느냐'는 우월감 비슷한 감정이 들 때도 있었다. 하지만 지하 100층에서 시작하는 사람과 지상 10층에서 시작하는 사람은 어쩔 수 없이 차이가 난다는 현실도 인정해야 했다. 일종의 서글픈 자각(自覺)이었다.

출신에 있어 대다수의 법조인들과 공통분모를 갖지 못한 나로서는 어떻게든 이들과 경쟁해 살아남을 궁리를 해야 했다. 사회적 출발선이 다른 나는 차별화된 전략으로 승부를 펼쳐야 승산이 있다고 생각했다.

사법연수원은 매 학기 말에 시험을 치르고, 3학기 말에 마지막으로 종합 평가를 한다. 평가 시험은 1주일 내내 치르는데, 엄청난 양의 기록을 주고 민사재판실무, 형사재판실무 등의 이름으로 8시간 동안 직접 판결문을 작성하는 시험을 본다. 시험에 주어지는 사례는 세상에는 존재하지 않을 것 같은 복잡하고 난해한 지문이었다. 경쟁이 워낙 치열해 과거에는 3학기 마지막 시험을 치르다 연수생이 사망하는 사건까지 발생했다. 이후 시험은 격일마다 치르는 방식으로 바뀌었다.

4학기에는 직접 법조 현장으로 실무 수습을 떠난다. 판사 시보 2달, 변호사 시보 2달, 검찰 시보 2달 이렇게 총 6개월간 시보 생활을 한다. 나는 대구고등법원에서 판사 시보를, 의정부지검 고양지청에서 검찰 시보를 마쳤다. 변호사 시보는 법무법인 세종에서 했다. 그리고 현장 경험을 통해 내가 나아가야 할 방향을 확실하게 깨달았다. 검찰 시보를 마친 날, 나는 살고 있던 오피스텔에서 3시간가량 고민한 끝에 대구에 내려가 개업을 하기로 마음먹었다.

검찰은 우선 그 답답하고 경직된 조직문화를 견뎌낼 자신이 없었다. 검사직무대리를 맡아 일하던 짧은 검찰 시보 기간에도 숨이 막혀 죽을 것만 같았다. 그런 수직적 문화는 경찰행정학과 생활로 충분하다고 생각했다. 아무래도 상대적으로 자유롭고 얽매이지 않는 변호사가 체질에 맞았다. 그런데 우리 기수는 법학전문대학원 2기 졸업생들과 함께 배출됐다. 투트랙으로 법조인이 쏟아져 경쟁자가 과거에 비해 훨씬 더 늘었다. 광고와 영업 경쟁이 더 치열해질 것이라는 예감이 들었다. 하지만 한미한 집안 배경 때문에 네트워크를 끌어올 수 있는 형편도 아니었다. 대형 로펌에 들어가는 것이 최선이라는 견해도 있었지만, 부속품처럼 엄청나게 갈려 나갈 것이 분명한 데다 '최주희 변호사'라는 독자적인 브랜드를 키워나가는 데는 한계가 있을 것이라고 생각했다. 이런저런 요소를 꼼꼼하게 따지면서 '사고 실험'을 해보니 고향과도 가깝고 스무 살 청춘을 보낸 대구가 적합지로 생각되었다. 아직 여성 변호사가 그리 많지 않은 지방으로 내려가 맨주먹으로 내 사무실을 키워 성장하는 게 낫겠다는 생각에 도달했다.

'어차피 여기까지 혼자 돌파해왔는데, 두려울 게 뭐 있다고…'

나는 어머니에게 전화를 걸어 연수원 수료 후 대구에 내려가겠다는 생각을 내비쳤다. 당연히 어머니는 만류했다. 그냥 서울에 남아 있으라는 것이다. 하지만 내 생각은 확고했다. 이미 마이너스 통장의 빚도 한도인 2억을 꽉 채운 상황이었다. 내 처지를 고려할 때 서울에 더 머무는 건 사치였다.

그렇게 연수원 생활을 마무리하고 나는 다시 대구로 발길을 향했다. 돌아오는 길은 직접 운전했다.

부슬부슬 비가 내렸다.

PART 3

더 나은 삶을 향하여

14. 개업 변호사 전(前) 상서

취업은 어렵지 않았다. 나는 대구의 한 법무법인에 취업했는데 서부지원 앞에 새롭게 낸 분사무소에서 근무하는 조건이었다. 그런데 막상 일하다 보니 무언가 이상했다. 분사무소는 변호사인 나와 50대인 M 사무장이 함께 근무하는 구조였다. 그런데 M 사무장은 나에게 자신이 얼마나 대단한 사람인지 쉴새 없이 주지시켰고, 계속해서 오라 가라 하면서 마치 부하 직원 다루듯 했다. 느낌이 좋지 않았다. 심지어 M 사무장은 내 결재도 받지 않고 자기 마음대로 서면을 제출했다. 법인 분사무소를 자기 사무실처럼 사용하면서 온갖 지인들과 업체 관계자들을 데려와 사랑방처럼 운용했다. 그래도 명색이 법무법인이니까 변호사는 한 명 필요할 테고, 나이 어린 여성 변호사를 꿔다놓은 보릿자루처럼 앉혀놓고 자기 마음대로 움직이려는 목적이 엿보였다.

당시 나는 특허 사건을 맡아서 진행하고 있었는데, 특허법원에 가서 기술 설명을 하는 등 각고의 노력 끝에 항소심에서 사건을 뒤집어 상대방 특허를 깰 수 있었다. 그럼에도 클라이언트는 사건 진행이 너무 느리다고 불평을 했다. 착수금을 챙긴 M 사무장은 정작 이 건에 대해서는 손을 놓고 방관하고 있었다. 이대로 두면 안 되겠다고 생각해 대표변호사님을 호출했다. 그리고 M 사무장과 함께 있는 자리에서 단도직입적으로 물었다.

"도대체 나를 고용한 실사용자가 누구입니까? 대표님인가요, 아니면 여기 있는 M 국장인가요? 만일 이곳이 사무장 로펌이라면 저는 일할 생각이 없습니다."

1년 차 변호사의 행동치고는 꽤나 당돌했다. 하지만 짚고 넘어갈 부분은 확실하게 짚고 넘어가야 했다. 변호사를 수단화해 무늬만 로펌을 만들어놓고 허튼짓을 하는 건, 적어도 법조인의 지조로서 절대 용납할 수 없었다. 대표변호사는 당황한 표정으로 고용인은 당연히 자신이라고 말했다. 내친김에 나는 특허 사건의 의뢰인은 수임료 1천만 원을 줬다고 하는데, 왜 500만 원으로 사무실에 보고됐는지 따져 물었다. M 사무장이 중간에 장난을 쳐서 횡령한 사실을 공개적으로 끄집어낸 것이다. 그 말을 듣자 M 사무장 얼굴이 금세 흙빛이 됐다. 나는 하릴없이 사람들을 불러 법무법인을 개인 사무실처럼 사적으로 활용한 M 사무장 행태를 지적하고, 두 번 다시 그런 행동을 하지 말라고 엄하게 꾸짖었다. 그 뒤로 M 사무장은 조용히 지내다 사직서를 냈고 분사무소도 얼마 지나지 않아 문을 닫고 말았다.

이 사건 이후 나는 절대로 영업 사무장을 두지 않는다는 방침을 세웠다. 독립성이 중요한 법률사무소는 그 무엇에도 종속되어서는 안 된다는 것이 내 지론이다. 권력과 자본은 물론이거니와, 영업 사무장에게 휘둘리는 것은 더더욱 용납할 수 없다.

이후 다른 로펌에서 파트너 변호사로 1년 9개월 동안 일하다, 2016년 11월 마침내 내 이름을 내건 법률사무소를 설립하고 독립했다. 가을 찬 바람이 소슬하게 불던 계절이었다. 비교적 이른 시기에 홀로서기를 한 이유는 사법연수원 수료 당시 마음먹었던 '나만의 브랜드'를 하루 빨리 키우고 싶어서였다. 그렇게 나는 3년 차 말미에 여직원 한 명만 두고 혹독한 수임 시장에 도전장을 내밀었다. 쉽지 않은 선택이었지만, 악바리 근성으로 최선을 다하니 조금씩 성과가 나타나기 시작했다. 나를 찾는 의뢰인들의 발길이 시나브로 늘었고, 자신들의 주변에도 '변호사 최주희'를 알렸다. 세상에서 가장 좋은 마케팅은 입소문이다. 실력이 명확히 드러나는 법조 시장에서는 더욱 그렇다. 정직하게 상담하고, 성심을 다해 사건을 처리하면 고객들이 모인다. 업의 본질에 충실하며 묵묵히 정도를 걷는 게 최선이다. 새로운 사건이 계속 쌓이자, 어느 순간 혼자서는 감당할 수 없는 단계에 이르렀다. 나는 본격적으로 규모를 키워야 하는 시기가 왔다고 생각했다.

'그동안 내가 생각해왔던 그런 로펌을 한번 만들어보자.'

때마침 건물 한 층을 통째로 사용하고 있던 사무소 공간이 임대 매물로 나왔다. 꽤 높은 건물의 3층이었는데, 면적이 110평가량 되는 넓은 공간이었다. 나는 서둘러 임차 계약을 마무리 짓고, 화이트 톤에 마블로 포인트를 준 깨끗한 인테리어로 새 단장을 했다. 법무법인 이름은 '다지행(多知行)'으로 정했다. 많은 지혜를 실행한다는 뜻으로, 11살 무렵 법륜스님이 직접 지어준 법명이다.

그런데 일터를 옮기고 나니 이상하리만치 사건이 들어오지 않았다. 사무소 규모를 키우며 신규 직원도 채용한 터였다. 고정비 지출은 크게 늘었는데 생각보다 영업이 잘되지 않으니 걱정이 태산이었다. 하루에도 몇 번씩 입술이 바싹바싹 말랐다. 나뿐만 아니라 사무실 직원들의 생계도 책임져야 한다는 중압감이 두 어깨를 짓눌렀다.

심리적 압박감에 억눌리다가 어느 순간 다시 죽음을 떠올리기도 했으나, 직원들에 대한 책임감이 발목을 잡았다. 나의 모자람으로 이들을 실직자로 만들 수는 없었다. 어릴 때는 나 홀몸이었다면, 이젠 다른 형태이지만 회사 직원들을 부양할 의무가 있는 가장이 된 것이다.

너무 스트레스를 받은 나머지, 남몰래 정신과 상담을 받기도 했다. 차분하게 상담을 받으며 마음을 정돈하니 다시 살아갈 용기가 생겼다. 어차피 세상일은 마음먹기에 달렸다. 허구한 날 '죽겠다, 죽겠다'라고 생각하면 될 일도 풀리지 않는다. 반대로 '해봐야지, 해봐야지'라고 긍정적으로 생각하고 행동하면 하늘이 무너져도 솟아날 구멍이 생긴다.

다행히 이듬해부터 매출이 다시 올라왔다. 2020년부터는 수익이 급성장해 한때는 사무부장 3명을 포함해 직원을 7명이나 둘 정도로 사무실이 궤도에 올랐다. 기부 활동과 사회 참여도 본격적으로 늘리기 시작했다. 나는 지금도 한 달에 한 사람 월급 정도의 개인 자산을 사회에 환원하고 있다. 힘겨웠던 어린 시절을 떠올리며 그때를 잊지 않으려는 목적도 있지만, 무엇보다 타인의 불행을 통해 돈을 버는 변호사 직업의 특성상 알게 모르게 쌓이는 업보를 만회하려는 생각도 있다.

이와 관련해서는 기억에 남는 회사 사건이 있다. 내 의뢰인은 채권자 측이었다. 주주총회 결의가 문제가 되는 복잡한 사건이었는데, 나는 공증 서류를 집행권원으로 삼아 채권을 추심하는 역할을 맡았다. 추심 과정에서 채무자의 연대보증인 소유 건물을 경매에 넘겼다. 연대보증인도 전관 변호사를 앞세워 송사를 벌였지만 끝내 패소했고, 대구 죽전 사거리 인근의 60억 원짜리 금싸라기 빌딩이 경매에 넘어갔다. 그때 내 의뢰인의 채권은 고작 6억 원에 불과했는데, 지금 해당 건물의 가치는 180억 원에 육박한다. 변호사인 나로서는 사건을 위임한 의뢰인 입장을 충실하게 대리하여 업무를 진행할 수밖에 없다. 하지만 고가의 건물이 경매에 넘어가 매각되고, 소유권이 변경되는 모습을 보면서 마음 한 켠에 씁쓸함이 남았다. 물론 상대방도 연대보증을 선 책임이 분명 존재한다. 그럼에도 나를 엄청나게 원망했을 것이다. 내가 승소하는 그 순간이 상대방에게는 인생 최악의 날이 될 수 있다. 의뢰인을 지키는 것이 변호사의 숙명이라지만, 자칫하면 부지불식간에 누군가와 철천지원수가 될 수 있다는 점을 깨달았다.

이 사건 이후 나는 한 가지 결심을 했다. 아무리 직업적인 일이라도 남에게 생채기를 주는 일은 최대한 자제하기로 했다. 그리고 부득이 칼을 휘두르는 입장이 되더라도, 공공의 선(善)을 위하여 깔끔하게 업무에 임하자고 마음먹었다. 이기고 지는 게 능사는 아니다. 언제 어디서 상대방을 다시 만나게 되고, 그 인연이 부메랑이 되어 돌아올지는 아무도 모른다. 현재의 모습만 가지고 섣불리 현상을 가늠하거나 재단해서는 안 된다.

나아가 변호사로서의 카르마(karma)는 어쩔 수 없더라도, 최대한 적선과 희사를 베풀어 사회를 이롭게 하는 데 이바지하기로 했다. 나는 내 손으로 돈을 벌기 시작한 변호사 1년 차 때부터 동물보호시민단체인 '카라'에 후원을 시작했다. 처음에는 소액으로 시작했다. 이후 조금씩 후원 액수를 늘려가며 10년째 꾸준히 후원하고 있다. 그 덕분인지 현재 카라의 대의원이기도 하다. 동물보호단체에 기부하는 배경에는 기본적으로 지구가 인간의 독점적인 소유가 아니라는 생각이 바탕에 깔려있다. 학대받고 유기된 동물을 구조하고 보호하는 '리퍼월드'에도 후원해 어떤 방식으로든 생명 존중을 실천하려 하고 있다. 살아있는 모든 것들은 그 자체로 존중받아 마땅하다. 생명권은 세상에서 가장 소중한 권리다. 굿네이버스를 통해서는 법인 이름으로 여성용품을 지원하는 후원 프로그램에 참여한다. 또 말레이시아 아동과 결연을 맺어 정기 후원을 진행하는데 이는 세계인으로서의 의무를 다하기 위함이다.

나는 대구에서 터 잡고 생활하며, 대구에서 돈을 벌고 있다. 지역 사회는 나의 소중한 활동 공간이자, 안식처이기도 하다. 대구FC 시민구단에 매년 100만 원씩 후원하는 것으로 지역사회를 향한 마음의 빚을 조금이나마 덜어내고 있다. '함께하는 마음재단'과 청소년들을 지원하는 사단법인 '청나래'의 활동에도 동참하고 있다. 나의 활동 반경이 커질수록 기부와 사회 참여도 커질 것이다.

15. 수임료는 만 원만 받을게

성폭력이나 학교 폭력 관련 사건에 대해 사람들이 간과하는 사실이 있다. 피해자를 대리하는 것이 변호사 입장에서는 물질적으로 크게 도움이 되지 않는다는 것이다. 다급한 건 사실 가해자들이다. 목마른 사람이 우물을 파듯이, 가해자들은 법정에서 감형을 받거나 구속되지 않으려고 아낌없이 지갑을 연다.

어느 날 남자친구에게 데이트 폭력을 당한 피해자로부터 상담 신청이 왔다. 이미 변호사로서 자리를 잡고 높은 궤도에 올랐던 나는 상담료를 제법 비싸게 받는다. 전문직 서비스 특성상, 제값을 받고 제대로 일을 처리하는 게 최선이라는 생각 때문이다. 박리다매는 내 성향과 맞지 않는다. 그런데 상담료와 무관하게 이번 의뢰인은 한번 만나보고 싶다는 생각이 들었다.

사무실 문을 열고 들어온 여성은 아직 앳된 22살의 여대생이었다. A는 조심스럽게 자리에 앉아, 자신이 겪은 이야기를 담담하게 털

어놓았다. 듣고 보니 사건 내용이 너무 충격적이었다. 남자친구는 사귄 지 7개월밖에 안 된 23살 직장인 남성으로, 수시로 여자친구에게 폭력을 행사했다. 그는 A의 뺨을 수십 번씩 때리고 욕설과 함께 침까지 뱉은 다음 성관계를 시도하는 이상 성욕자였다. 잦은 폭력과 함께 유사강간과 주거침입 등 여러 범죄를 저질러 고소를 당한 상태였다. 하지만 폭력을 저지른 남자친구는 뻔뻔하게도 A의 치부를 주변에 알리는 등 명예훼손까지 일삼았다.

A의 형사고소 이후 수사가 지지부진하게 이어지다가 고소 후 1년 정도 지난 시점에야 경찰은 기소 의견으로 검찰에 송치했고, 상담 당시에는 검찰에서 기소 여부를 검토하고 있었다. A에게는 피해자 국선변호인이 있었다. 그러나 우리나라 피해자 국선변호인의 처우는 매우 열악하다. 나도 한때 4년가량 대구지방검찰청 서부지청의 피해자 국선변호인으로 활동하였는데, 각 변호사마다 매달 수십 건씩 사건을 배당받고 있어 피해자 한 명 한 명에게 온전히 집중하기 어렵다. 결국 답답함을 느낀 A는 제 발로 사선 변호사를 찾아다녔다.

사건 내용을 세밀하게 들여다보니 특수폭행과 유사강간, 그리고 고소도 하지 않은 추가 사건과 그로 인해 또 다른 가해자에 의한 명예훼손 사건까지 겹쳐 한 번 손대기 시작하면 밑도 끝도 없이 확전(擴戰)할 가능성이 높아 보였다. 그러면 변호사 비용은 천정부지로 치솟게 된다. 하지만 A는 유학을 준비하며 아르바이트를 하는 평범한 학생이었기 때문에 혼자서는 소송 비용을 감당하기 어려웠다. 또 사건 내용이 내용인지라, 부모님에게도 차마 말씀드리지 못한 상태였다. 하지만 나는 돈이 문제가 아니라고 생각했다. 유학 비용을 모으는 어린 학생의 돈을 받아봐야 내 마음이 편치 않을 것 같았다. 정의 구현 차원에서, 그리고 한 여성의 건강한 회복을 위해서 도와야겠다는 마음이 들었다.

"형사, 민사사건 내가 다 할게. 수임료는 일단 만 원으로 하자."

"네? 만 원이요? 그래도 어떻게…?"

"아냐, 이 사건 내가 하고 싶어…."

그러자 A는 울며 말했다.

"변호사님, 저 돈 있어요. 아르바이트도 하고 있고…."

마음은 고마웠으나 이건 어른이자 법조인으로서의 도리였다.

"네가 있어 봐야 얼마가 있겠니. 너 유학 가려고 아르바이트하는 거라며. 그 돈 받고 내가 두 다리 뻗고 자겠니. 나중에 어찌될 지 몰라도 합의하면 그때 일부라도 주면 되고, 합의하기 싫으면 안 해도 되고. 돈은 나중에 생각하고 일단 사건 처리부터 하자."

이렇게 나는 A의 대리인 자격으로 공판 검사에게 연락해 "이 사건 정말 제대로 처리하자"고 말했다. 녹취록과 여러 증거자료를 수집해 꼼꼼하게 정리하고, 그걸 토대로 서면을 작성했다. 피고인은 첫 공판기일에서 자신의 혐의를 전면부인했다. 이에 첫 번째 공판기일 이후 나는 검찰에 A가 사건 당시를 녹음한 음성 파일과 녹취록을 제출했다. 두 번째 공판기일에서 국민참여재판을 희망한다는 의사를 밝힌 피고인은 해당 녹취록과 음성 파일을 모두 검토도 하지 않은 채 그 자리에서 증거에 동의했다. 평결이 나오던 날 배심원단은 새벽 1시까지 치열하게 토론하며 평의를 마쳤다. 나도 늦은 밤까지 계속 기다리면서 계속 결과를 기다렸다. 마침내 배심원단은 만장일치로 유죄 판단을 내렸다.

나는 "대가 치르는 모습을 꼭 보여주겠다"는 약속을 지킨 것 같아 뿌듯한 마음이 들었다. 일주일 후 피고인은 징역 2년을 선고받았고 그 자리에서 법정 구속되었다. 그는 항소심에서 공탁금을 걸고 선처를 호소했지만, 우리는 항소심 판결이 나온 뒤에야 공탁금을 수령했다.

A도 여린 첫인상과 달리 강인한 모습을 보여줬다. 심리 치료를 병행하면서 가학적인 전 남자친구의 가스라이팅에서 벗어나는 데 성공했으며, 심신의 건강을 빠르게 회복했다. 지금은 다시금 사회에 복귀해 삶의 활력을 되찾는 중이다.

가정 폭력과 데이트 폭력 사건을 다루다 보면 피해자가 '맞는 게 당연하다'는 학습된 무기력에 빠진 경우를 자주 목격하게 된다. 상대 방이 폭력을 저지르면서도, 교묘하게 그것이 사랑의 한 형태라는 메시지를 섞어놓아 세뇌를 시키기 때문이다. 그러나 물리적 폭력은 절대 정당화되지 않는다. 상대가 사랑하는 대상이라면 더욱 그렇다. 아직 세상을 잘 모르는 순진한 여성을 꾀어, 정신 나간 행동과 폭력을 서슴지 않았던 A의 전 남자친구 같은 사람은 한 여성으로서 도저히 용서되지 않았다. 나는 A와 긴밀하게 소통하면서, 과거는 빨리 잊고 절대로 같은 실수를 반복하지 말라고 조언했다.

"폭력은 절대로 당연하지 않아. 남자친구이든 누구든, 너의 동의 없는 신체 접촉은 있을 수 없어. 앞으로는 너를 꽃처럼 소중하게 아껴주는 사람을 꼭 만나기를 바라."

살면서 꽃길만 걸을 순 없다. 그건 누구보다 내가 더 잘 안다. 하지만 이미 벌어진 일에 발목을 잡혀서도 안 된다. 일어난 일은 일어난 것이다. 그것이 잘못된 것이라면 끊어내고 당당하게 앞으로 나아가야 한다. 자책할 필요도, 얽매일 필요도 없다.

　얼마 전 A와 안부 연락을 주고받다가 A가 자신의 SNS 계정에 나와 나눈 대화를 캡처해 올리며 '유일무이한 나의 어른'이라고 지칭한 것을 보았다. 내가 그런 자격이 있는지 내심 부끄러우면서도 한편으로는 코끝이 찡했다. 나도 힘들었던 시기에 희망과 용기를 심어준 어른들로부터 많은 은혜를 입었다. 이제는 내가 젊은 청춘에게 좋은 어른으로 남겨지는 것 같아 가슴이 벅차올랐다. 이런 순간순간마다 나는 '변호사가 되길 잘했다'는 생각이 들고는 한다.

16. 이주여성 이야기

2012년 프랑스에서 올랑드 정부가 수립된 후 한국계 여성인 플뢰르 펠르랭(Fleur Pellerin)이 중소기업 및 디지털 경제부 장관에 임명되자 우리 사회는 자못 흥분에 빠졌다. 언론은 그녀가 당시 30대 젊은 여성이었다는 점보다 '한국 혈통이 선진국에서 장관을 맡을 정도로 성공했다'는 사실에 더 큰 의미를 부여했다.

2016년 펠르랭이 한국에 방문하자, 국내 언론은 앞다퉈 펠르랭과 인터뷰하면서 내심 그녀가 한국인으로서의 정체성과 정서적인 유대감을 드러내 주기를 바랐다. 하지만 그러한 기대는 철저하게 빗나갔다. 펠르랭은 담담하게, 그렇지만 확고하게 자신은 프랑스인이며, 한국에 대해 특별한 감정을 갖고 있지 않다고 명확하게 선을 그었다. 당연히 친부모나 잊혀진 혈족을 찾으려는 어떠한 노력도 하지 않았다. 그녀는 처음부터 끝까지 자신을 '프랑스인 펠르랭'으로 뚜렷하게 규정지었다.

혈통에 유난히 집착하는 우리 사회는 이러한 펠르랭은 태도에 크게 당황했다. 이후 펠르랭에 관한 기사나 인터뷰는 눈에 띄게 줄었고, 국민적 관심도 점차 사그라졌다. 사실 생후 6개월 만에 해외에 입양되어 온전한 프랑스인으로 성장한 그녀에게 한국인으로서의 무언가를 기대하는 것은 착각을 넘어, 대단히 무례한 행동이다. 해외에서 자수성가한 한국계 인물이 나오면 득달같이 달려들어 대책 없이 친근감을 표시하는 행동은 촌스러운 사대주의에 가깝다. 태어나자마자 버림받을 당시에는 관심조차 없다가, 막상 뒤늦게 그녀가 금의환향하자 '빨리 한국인으로서 자랑스럽다고 말하라'고 다그치는 듯한 모습은 보기 좋지 않다. 그보다는 이미 다문화 국가로 변모하고 있는 우리나라에서 이주민과 그 자손들의 삶을 살뜰하게 보살피는 것이 성숙한 태도이다. 펠르랭을 보며 막연한 대리만족을 느끼는 데 그치지 않고, 우리나라에서도 제2, 제3의 펠르랭이 나올 수 있는 토양을 만들어주는 게 우선 아닐까?

나는 2015년부터 4년간 대구지방변호사회 이주여성과 외국인노동자를 위한 법률구조위원회 위원으로 활동했다. 그리고 이웃 나라와 사회 약자를 향한 우리 사회의 처절한 민낯을 마주할 기회가 많았다.

위원회에서 처음 배당받아 처리한 사건은 베트남 이주여성 D의 소송이었다. 그녀는 국제결혼 중매업체를 통해 한 한국인 남성과 만났고, 국내로 들어와 혼인을 했다. 그런데 막상 같이 살아보니 남편은 의처증에 가까운 집착 증세를 가진 데다, 매일같이 술을 마시며 가정 폭력을 일삼았다. 둘 사이에서 자녀까지 낳았으나 남편은 날마다 D가 바람을 피운다고 의심하며 야산으로 끌고 가 손발을 묶고 각목 등으로 폭행하며 "내가 널 돈 주고 데려왔기 때문에 널 죽여도 아무 문제가 없다"는 모욕적인 언사도 서슴지 않았다. 그러던 중 남편이 아이까지 죽이겠다고 협박을 하자 참다못한 그녀는 남편과 헤어지기로 결심하고 이주여성을 위한 쉼터에서 머물렀다.

처음 그녀를 만났을 때 나는 가정 폭력과 불륜을 일삼은 남편을 상대로 형사고소도 하자고 했다. 하지만 D는 그래도 남편이 아이의 아빠이고, 단지 마음이 아픈 사람이니 이혼만 하면 족하다고 답했다. 나는 그녀의 그윽하고 티 없는 눈동자를 보며 증오심을 뛰어넘는 진정한 인류애와 사랑을 느꼈다. 나로서는 받아들이기 어려울 만큼 성숙한 자비심이었다. 지난 세기 괄목할만한 경제 성장을 이룬 우리 사회가, 과연 그녀의 너른 마음만큼 정신적으로도 여물었는지는 의문이다.

또 다른 사건으로는 캄보디아 출신 여성인 E의 경우, 이미 남편의 폭행 등으로 몇 해 전 이혼을 하였으나 당시에는 경제력과 한국 문화에 대한 적응력이 우려되어 양육권을 남편에게 준 후 아이와는 면접교섭을 이어오고 있었다. 그런데 남편은 초등학교 2학년인 자녀가 E와 닮아간다는 이유로 자녀를 때리고 내쫓기까지 했다. 그러자 아이는 집을 나와 E를 찾아왔다. 그즈음 그녀는 한국 문화에 조금씩 익숙해지고, 고정적인 급여도 생겨 어느 정도 자립이 가능한 상태였다. 아이와 어머니는 서로 의지하며 함께 살기를 원했다. 나는 주저 없이 그 남편을 상대로 소송을 제기해 양육권과 양육비를 청구했다. 그러자 남편은 뜬금없이 경제적으로 자신이 우월하니, 양육권은 자신이 갖는 게 타당하다고 주장했다. 아이를 사랑하는 마음보다는 매달 양육비를 지급하는 게 싫었을 터다. 그 시커먼 속내를 간파한 나는 법정에서 남편의 주장을 그대로 돌려주면서 오히려 유리한 포석으로 활용했다.

"경제적으로 넉넉하다고 하니, 양육비를 충분하게 지급할 자력도 있겠네요."

당연히 양육권 및 양육비 청구 소송은 우리의 완승으로 끝났다. 함께 손을 잡고 법정을 떠나는 어머니와 아이를 보며 뭉클한 마음이 들면서도, 이주여성과 그 자녀들을 향한 우리 사회의 미성숙한 단면이 떠올라 가슴이 돌연 먹먹해졌다.

우리나라 사람들은 미국이나 유럽 등지에 온 백인을 대할 때와 동남아시아나 아프리카 등에서 건너온 유색인을 대할 때 태도가 사뭇 다르다. 전형적으로 강자에게 약하고, 약자에게 강한 비겁한 자세다. 나라가 가난하다고, 그 나라 출신까지 무시하고 멸시하는 비열한 행태는 반드시 사라져야 한다. 불과 50년 전만 해도 우리나라는 돈이 없어 해외에 노동자를 수출하는 극빈 국가였다. 수많은 파독 광부와 간호사, 아메리칸 드림을 꿈꾸며 태평양을 건넜던 우리네 부모님과 삼촌, 고모를 생각해서라도 우리나라에 정착한 이주민을 박대해서는 안 된다. 해외로 건너간 우리나라의 1세대 이민자들은 현지에서 온갖 차별과 냉대를 당하면서도 삶의 터전을 일구고자 버티어냈고, 마침내 그 후손들은 그곳에서 당당한 공동체의 일원이 되어 남부럽지 않은 삶을 살고 있다. '코리안 드림'을 꿈꾸며 우리나라를 찾은 이들도 마찬가지다. 이주여성들은 더 나은 삶을 위해 한국행을 선택했다. 그리고 이 땅의 동량지재(棟梁之材)가 되어줄 다음 세대의 대한민국 국민을 낳아준 어머니들이다. 그런데 마치 돈을 주고 사 온 물건처럼 자기 마음 내키는 대로 학대하고, 멸시하는 것은 큰 죄업이다. 그런 일은 두 번 다시 있어서는 안 된다.

또 다른 사건에서는 한 남편이 캄보디아 출신의 이주여성 배우자를 마치 종 부리듯 대하며 시키는 대로 하지 않으면 "이럴 거면 내가 왜 그 돈을 주고 너를 데리고 왔느냐", "그러니까 너네 나라가 그렇게 가난한 거야"라는 식으로 모욕한 사례도 봤다.

고백하건대, 이주여성은 나의 또 다른 과거 모습이다. 가난하고 힘이 없다고, 또 여성이라고 해서 가정과 사회에서 무시 받고 천대받는 그들은 국적만 달랐을 뿐 예전의 나와 비슷한 처지에 놓여있었다. 그래서일까? 위원회에서 이주여성 사건이 배당되면, 나는 돈을 생각하지 않고 최선을 다해 사건을 처리했다. 사무실이 성장해 사건이 엄청나게 몰려오던 시절에도 이주여성 사건 만큼은 거절하지 않고 꼬박꼬박 공익소송을 진행했다. 그들의 그림자에서 어두웠던 옛 시절이 떠올랐기 때문이다.

여러 이주여성 구조 사건을 통해 나와 우리 사회의 과거를 돌아보고 현재 우리 사회가 맞닥뜨린 자기모순과 암울한 현실을 들여다볼 수 있게 된 점은 분명 값진 경험이었다. 법률 구조를 받은 이주여성들의 혼인 관계는 해소되었지만 여전히 그들과 그녀들의 2세들은 우리 사회의 구성원으로 살아가고 있다. 많은 사람이 우리 역시 그들과 같이 서러운 편견과 차별을 당해야 했던 과거를 기억하며 그들을 우리의 이웃으로 따뜻하게 포용할 수 있는 사회를 만들어나가야 한다.

17. 너의 자리가 내 자리일 수 있었어

2012년 12월 13일. 간밤에 내린 눈이 녹아 도로는 흙탕물로 뒤범벅되었다. 내가 탄 자동차는 좁은 국도를 따라서 천천히 달리고 있었다. 당시 사법연수원 2학기를 마치고 근로봉사를 해야 했던 나는 보호관찰소를 자원하여 경기도 포천에 있는 한 '사회 내 처우 시설'을 찾아가고 있었다. 사회 내 처우 시설은 범죄를 저지른 보호소년을 교정 시설이 아닌 곳에 생활하게 하면서 보호관찰관 등의 지도와 원호를 받는 곳을 말한다. 내가 방문하는 시설은 여성 소년범만 따로 기거하고 있었다. 쉽게 말해 여성 소년범을 위한 보호 시설이라고 생각하면 된다. 동행한 보호관찰관님이 초코파이와 과자를 한 아름 사서 차에 실었다. 그리고 나지막한 목소리로 의미심장한 말을 남겼다.

"아이들이 좋아할 겁니다. 따로 요기할 게 마땅치 않아서…"

그때는 이 말이 무슨 의미인지 몰랐다. 하지만 처우 시설에 들어서자 곧바로 이해하게 됐다. 작은 가정집 같은 곳에 수많은 여성 청소년들이 옹기종기 모여있었고, 개중에는 임산부도 눈에 띄었다. 방세 개에 주방과 화장실이 딸린 비좁은 공간이었다. 마룻바닥이 냉골처럼 시려 나도 모르게 발바닥을 살짝 들어 까치발을 해야 했다. 7~8명이 한꺼번에 기거하는 방에는 2층 판넬 침대가 세워져 있었다. 침대 위에 놓인 전기 판넬이 시설 내 유일한 난방 도구처럼 보였다. 아이들은 보호관찰관님이 가져온 초코파이와 과자를 보자 곧바로 달려들었다. 나는 동정 섞인 안타까운 눈으로 그들을 바라봤지만, 그들 또한 나의 눈빛이 의미하는 바가 무엇인지 금방 알아차렸다. 그리고 특유의 반항기 어린 시선으로 나를 흘끗흘끗 쳐다보았다.

낯선 이의 동정은 이들에게 치욕의 또 다른 이름일 뿐이다. 한참 예민한 청소년기에 그런 눈길을 받으며 자라는 건 정서에 부정적인 영향을 끼친다. 나도 종종 그런 동정의 눈길을 받으며 자랐기에, 이들이 저항감을 가지는 것을 충분히 이해할 수 있었다.

'이렇게 열악한 곳에서 사는구나. 여기가 내가 있었을 수도 있던 공간인데…?'

사법연수원생 신분이었던 나는 따로 요청해 보호관찰소와 소년원에 방문하고 싶다고 했다. 검찰에서는 의아해하면서도 관할 내에 있는 시설 방문을 주선했다. 사법연수원생이 보호 시설을 자발적으로 찾아온 사례는 내가 처음이 아닐까 싶다. 굳이 이런 곳을 찾아간

이유는, 어두웠던 나의 유년 시절 기억이 줄곧 머릿속에 맴돌았기 때문이다.

내가 갈 수도 있었고, 내 친구들이 실제로 갔던 곳. 이미 중학교 시절부터 어둠의 세계에 잘못 발을 디뎌 소년원을 들락거리는 '패밀리' 멤버들에 관한 소문을 들은 바 있다. 나는 요행히 그 같은 늪에 빠지지 않았지만, 어쩌면 이들이 현재 머무는 장소에 자칫하면 내가 있었을 수도 있다는 기시감이 강하게 들었다.

'나 혼자 살아남았다'는 부채의식 때문일까? 나는 어느 곳에 가든지 청소년과 소년범 처우에 유독 관심이 많았다. 부지불식간에 눈길이 갔다는 표현이 더 자연스러울 것이다. 대학 시절에도 형사정책을 공부하며 소년범이 성인 범죄자로 탈바꿈하는 과정에서 가정환경이 미치는 영향을 깊이 고민해본 적이 있다.

그런데 아무리 생각해도 열악한 시설에 소년범을 덩그러니 방치하는 것은 교화에 전혀 도움이 되지 않을 것 같았다. 때마침 대구지방변호사회 회보 및 회지 특별위원회 위원 자격으로 '호통 판사'로 유명한 천종호 부장판사님과 인터뷰를 할 기회를 얻게 되었는데, 부장판사님을 통해 조금 더 구체적인 내용을 들을 수 있었다.

당시 보호소년의 일일 식대는 고작 6,554원에 불과했다. 한 끼로 나누면 2,184원 수준이다. 이 돈으로 영양가 있는 식사를 마련하는 것은 사실상 불가능하다. 상찬까지는 아니더라도, 한창 자라나는 성장·발달기에 걸맞은 최소한의 끼니는 제공할 필요가 있다. 그나마 다행인 것은 윤석열 정부 취임 후 하루 식대가 8,139원으로 높아졌다는 점이다. 정부의 예산 책정 프로세스에 비춰보았을 때 한 번에 24% 이상 증액하는 것은 쉬운 일이 아니다. 이 부분은 분명 칭찬할 만한 일이라고 생각한다. 하지만 그래도 여전히 한 끼 2,713원에 불과하다. 아직 갈 길이 멀다.

일각에서는 "범죄를 저질러 시설에 수용됐는데 무슨 호사를 누리려고 하느냐"고 반발하기도 한다. 하지만 내 생각은 다르다. 살면서 사고 한번 치지 않는 사람은 드물다. 또 누구나 유복하고 번듯한 환경에서 태어나 자라는 것도 아니다. 어리고 미숙한 시절에, 어두침침한 주변 환경에 휩쓸려 저지르게 된 실수가 계속해서 인생의 족쇄로 남는 게 온당한지 근본적인 의문이 들었다.

무엇보다 이들은 아직 성장 가능성과 잠재력이 무궁한 청소년들이다. 어떻게든 어두운 터널에서 건져내 주어야 한다. 그것이 어른의 역할이고, 사회 공동체의 책무이다. 나 또한 한때 이들과 같은 길을 걸을 수 있었다. 하지만 다행히 빠져나올 수 있었고, 지금은 당당하게 사회에서 제 몫을 다하는 변호사가 됐다. 뒤집어 말하면 이들 중에서도 제2, 제3의 최주희가 나올 수 있다.

어린 청소년들이 어쩌다 범죄에 이끌리게 됐는지 전후 맥락을 살피지 않고, 단지 '싹수가 노랗다'며 백안시하면 갱생의 여지가 사라진다. 탈출구가 막히면 이들이 다시 사회에 복귀했을 때 할 수 있는일은 범죄밖에 남지 않는다. 그러면 범죄가 더 큰 범죄를 낳는 악순환이 반복될 수밖에 없고, 온 사회가 위험에 빠지게 된다. 전형적인소탐대실(小貪大失)이다.

우리나라는 적어도 한 끼에 '빅맥'만큼의 비용은 지불할 수 있는정도의 경제력은 가지고 있다. 하지만 이렇게까지 아이들을 버려둔건, 오로지 정치권과 사회의 무관심 때문이다. 나는 이러한 문제의식을 여러 언론 인터뷰와 기고를 통해 꾸준히 공유해왔다. 그 덕분인지 2023년 1월에는 대한변호사협회와 유상범 의원실이 공동 주최한'소년범 처우 개선의 형사정책적 필요성과 효과' 심포지엄에서 주제발표를 맡게 되었다.

이날 나는 소년범에 대해서는 재사회화를 통한 재범방지에 방점을 두고 있는 소년법의 취지를 설명하고, 일일 식대를 합리적인 수준으로 높여야 한다고 강조했다. 나아가 소년범의 재범률을 낮추기 위해서는 제6호 처분 아동복지시설과 소년보호시설을 확충하고 보다많은 '다이버전(Diversion, 사회 내 처우)'을 도입해야 한다고 목소리를높였다.

한때 "뭣이 중한디"라는 영화 대사가 유행했던 적이 있다. 소년범과 관련해 내가 꼭 하고 싶은 말이다. 우리 사회는 지금 치솟는 범죄율과 구멍 난 치안 상황을 보며 뒤늦게 부랴부랴 대책을 마련하느라 아우성이다. 하지만 사회 안전에 누수가 생긴 근본 이유를 되짚어보고, 그 원인을 발본색원하는 일에는 소홀하다. 당장 눈에 보이는 미봉책을 찾는 데 급급하다. 이런 방식이면 늘 '소 잃고 외양간 고치는' 일이 될 수밖에 없다.

소년범 처우개선 심포지엄을 준비하며 소년범 실태 자료를 꼼꼼하게 조사해봤다. 국가 차원의 조사는 10년도 더 전인 2011년에 이뤄진 게 마지막이었다. 그나마도 10페이지가 안 되는 소략한 수준이었다. 우리 사회가 왜 이 아이들을 이토록 방치하고 있는지 도무지 이해가 가지 않았다.

모든 소년 범죄를 전적으로 비행 청소년 탓이라고 보기는 어렵다. 잠재력이 무궁한 청소년들을 제대로 교화해, 이들이 사회에서 자신의 가능성을 실현하도록 돕는 게 바람직한 방향이다. 나도 어두운 과거에 얽매일 수 있었지만, 다행히 살아남을 수 있었다. 이제는 아이들에게 손을 내밀어 줄 수 있는 위치까지 올라왔다. 어쩌면 이들에게 필요한 건 가느다란 한 줄기 빛이 아닐까 싶다. 우리 사회가 그것을 놓쳐서는 안 된다.

18. 우리나라가 마약 청정국이라고요?

    한때 우리나라는 마약 청정국이라고 자부했었다. 그런 대한민국에서 연예인들이나 유흥가에서의 마약 투약 사건들이 뉴스에 나타나기 시작했다. 하루가 멀다 하고 마약 범죄 기사가 쏟아지는 터라, 이제는 무덤덤할 지경이다. 2023년 4월에는 서울의 유명 학원가에서 어린 청소년들을 대상으로 마약을 섞은 음료수를 나눠주려던 일당이 검거되기도 했다. 이들은 정신을 맑게 해주는 드링크라며 학생들을 속이려 했다. 도대체 꽃다운 나이의 청소년들을 마약에 중독시켜 무슨 짓을 저지르려 했던 것일까?

    독버섯 같은 마약은 어느덧 우리 일상에 침투해 깊이 뿌리내리고 있다. '마약 청정국'이라는 자부심은 거대한 오만이다. 학교든 직장이든 마약으로부터 완벽하게 안전한 공간은 더 이상 존재하지 않는다. 어느 곳에서든 은밀한 유혹의 손길이 뻗칠 수 있다. 마약 사범은 TV나 영화에서나 나오는 이야기라고 여겨서는 안 된다. 평범한 직장인, 대학생, 어린 청소년들도 나도 모르는 사이에 마약에 중독될 수 있다. 언제 어디서든 쉽게 마약을 구할 수 있기 때문이다. 우리는 지금 그런 시대에 살고 있다.

내가 만난 마약 투약 사범들은 한 가지 공통적인 특징을 가지고 있었다. 처음에는 후회하지만, 시간이 지날수록 서서히 자신의 삶을 내려놓으며 자포자기한다는 점이다. 마약이 달리 마약(痲藥)이겠는가. 거기에는 개인의 의지만으로는 끊어내기 어려운 무언가가 분명히 존재한다.

마약 사건과 관련해 기억에 남는 의뢰인이 있다. 처음 접견을 했을 때도 50줄이 훌쩍 넘은 지긋한 나이의 K는 이미 동종 범죄 경력만 10회가 넘는 마약 중독자였다. 그는 마약 때문에 몸과 마음을 모두 망쳐 결국 큰 병을 얻었는데, 고통을 잊으려 몰래 숨겨놓은 필로폰을 다시 투약했다. 하지만 곧바로 죄책감을 느끼고 마약을 한 상태에서 제 발로 경찰서를 찾아가 자수를 했다. K는 수사를 받던 중 수면제를 먹고 자살을 시도할 정도로 극심한 불안 증세를 보였다.

다시 법정에 서게 된 K는 자신의 진심을 담은 반성문을 적어 재판부에 제출했다. K의 글에는 얼마 남지 않은 생에 대한 깊은 후회와 홀로 남게 된 노모에 대한 안타까움, 그리고 가족과 사회를 향한 죄책감이 담담하게 적혀있었다. 다시 감옥에 들어가게 된 비참한 상황보다는, 인간다운 삶에 대한 동경과 그 기회를 놓쳐버린 스스로에 대한 책망이 뒤섞인 진심 어린 회한이 느껴졌다.

K처럼 죽고 싶을 만큼 후회스러워도, 끊기 어려운 것이 마약이다. 이들의 재기를 돕기 위해서는 사회적 리햅(Rehab) 시스템을 촘촘하게 구축해 마약 수요를 줄여나가는 것이 급선무다. 수요 계층이 건재하면 아무리 공급선을 두들겨도 유통이 근절되지 않는다. 강도 높은 단속을 펼쳐도 중간 유통책만 건전지 바뀌듯이 계속 대체되어 나갈 뿐이다. 한 번은 마약 범죄로 재판을 받고 있던 미국 출신의 20대 청년을 접견한 적이 있다. 외모나 말투가 너무 멀쩡해서 의아했는데, 그는 마약을 유통만 했을 뿐 자신은 절대 손도 대지 않았다고 자랑스럽게 말했다. 남의 인생을 망치며 부를 축적하는 가장 악질적인 부류가 아닐 수 없다.

법조인으로서 많은 마약 사범을 만나보고, 피해자도 접견해본 나는 우리 사회에 몇 가지 제언하고 싶다. 현재 마약 중독 치료는 알코올 중독과 달리 의료 수가에 반영되지 않는다. 따라서 마약 중독자가 전문 치료를 받기 위해서는 예외적인 경우를 제외하고 전액 자비로 병원비를 부담해야 한다. 그러나 이미 마약으로 삶이 송두리째 망가진 사람들에게 그만한 경제력이 있을지 의문이다. 입법을 통해 마약 중독 치료를 의료 수가에 반영하는 등의 효과적인 개선책을 마련할 필요가 있다.

정신 질환으로 자신의 건강이나 안전, 또는 다른 사람에게 해를 끼칠 수 있는 사람을 지자체나 수사 기관의 요청으로 강제 입원시키는 '행정입원 제도'를 활용하는 방안도 검토할 필요가 있다. 마약 중독을 정신 질환 문제로 접근하면, 출소 후 필수적 입원을 거쳐 중독에서 벗어날 수 있는 여지가 더 넓게 확보할 수 있다. 마약 사범 대부분이 출소하자마자 다시 마약에 손을 댄다는 점을 감안할 때 효과적인 대안이라고 볼 수 있다. 넘치는 마약 중독자들 때문에 흡사 '좀비 도시'처럼 변해버린 미국 필라델피아 사례를 봐도 행정입원 제도는 효율적이라고 여겨진다. 마약 중독자들이 길거리에 아무렇게나 널브러져 있거나, 비틀거리며 걷는 필라델피아의 '켄싱턴 거리'는 국내에서도 여러 번 보도돼 큰 충격을 안겨주었다. 필라델피아 주(州)는 중독자들을 강제로 입원시키는 행정입원 제도가 존재하지 않는다. 다만 이 같은 제도를 시행하기에 앞서 코로나 팬데믹 사태 이후 급격히 줄어든 병상 수를 일정 규모 이상으로 회복해야 할 것이다.

교정 행정도 바꿔야 한다. 지금은 마약 유통업자와 투약 사범을 같은 방에 수감한다. 당연히 서로 마약 정보를 교환하면서 그 굴레 안에 머물게 된다. 그런 방식으로 20대 초반에 처음 마약을 접한 사람이 중독에서 헤어나오지 못하고 수십 년을 허비하게 된다. 유통 사범과 중독자들을 철저하게 분리하여 수감할 필요가 있다.

유사한 시기에 사회 문제로 급부상한 조현병 환자나 정신병질자 문제에 대해서도 제도적 접근이 필수적이다. 마약 사범과 정신병질자 이슈는 그동안 우리 사회에서 개인적 문제로 치부돼 온 경향이 있다. 따라서 이들에 대한 치유나 회복에 대해서는 대체로 무관심했으며, 그저 '이상한 놈' 취급을 하며 손가락질하며 흉보기에 바빴다. 그래놓고 이들이 대형 사고라도 치면 정신병자의 소행이니 어쩔 수 없다는 식으로 애써 사안을 축소해왔다.

2020년경 나는 논스톱 국선변호인으로 중학교 2학년 여학생의 '존속살인미수' 사건을 맡았다. 논스톱 국선변호인 제도는 영장실질심사 단계에서 선정된 국선변호인이 수사와 공판 단계까지 변호 활동을 맡도록 하는 제도로 2017년에 처음 도입됐다. 나는 국선 사건이라고 소홀히 하지 않는다. 나름대로 사명감을 가지고 최선을 다한다. 그 이유는 돈이 없다고 양질의 법률 서비스를 받지 못하는 잔인한 세상을 만들기 싫었기 때문이다.

논스톱 국선변호인으로 영장실질심사에 임하면, 사건의 개략적인 내용만 듣고 길어야 15분가량 피의자와 접견할 시간이 주어진다. 당시 내가 만난 여중생은 자신의 어머니 배를 칼로 두 번 찌르고 목졸라 죽이려 한 혐의를 받았다. 사건 내용은 끔찍했지만, 막상 만나보니 의외로 내성적이고 차분한 성격이었다. 그 모습을 보자 순간 아이에게 정신적 문제가 있음을 직감했다. 동행한 보호자에게 혹시 아이가 정신 감정이나 상담을 받은 적 있느냐고 물어보니 "한 번도 없었다"는 답변이 돌아왔다. 만일 이런 상황에서 구속돼 성인 범죄자들과 집단 생활을 하게 되면 여중생의 병증이 더 악화하고 나중에는 영영 되돌아올 수 없는 상태가 될 수 있다는 우려가 들었다. 그래서 서둘러 내가 고문 변호사로 일하고 있는 한 정신병원의 대표님께 아이 상태를 설명하고 급히 입원시켜줄 수 있는지 문의를 드렸다.

> "대표님, 혹시 지금 당장 입원이 가능할까요?"
> "촉박하기는 한데… 일단 알겠습니다."

병원 측의 회신을 받자 나는 영장전담판사에게 달려가 간절하게 호소했다. 불구속해주면 당장 정신병원에 입원시키고, 국선처럼 내가 1심까지 사건을 맡아 처리하겠다고 통사정을 했다. 다행히 아이는 병원 측의 선처로 무사히 병원에 입원할 수 있었고 이를 영장계에 알린 후 오후 5시께 불구속 결정이 나왔다.

사실 여기까지 역할을 완수했으니 논스톱 국선변호인으로서 나라에서 부여받은 내 임무는 끝난 셈이다. 하지만 이왕 손댄 것 끝까지 가보기로 했다. 여중생 부모에게는 그냥 20만 원만 달라고 했다. 한 청소년의 미래와 인생이 달린 사안인데, 돈은 문제가 아니라고 생각했다.

그 후 나는 직접 병원을 방문해 인형도 선물하고 책도 주면서, 차

근차근 교감을 쌓기 시작했다. 병원에서도 넉 장에 걸쳐 충실하게 의료 소견서를 써주신 덕분에 여중생은 더 전문적인 치료를 받을 수 있는 대학병원으로 옮겨갈 수 있었다. 덕분에 여중생의 '심신미약'이 공소장 단계에서 반영됐으며, 아이의 상태도 눈에 띄게 호전됐다. 1심을 마칠 무렵에는 어머니와 함께 서로 끌어안으며 화해하는 단계까지 올라왔다. 적절한 시기에 대처한 덕에 치유와 회복이 일어난 셈이다. 항소심 재판을 마치고는 어머니와 같이 손을 잡고 시장을 보기도 했다.

지금도 그 15분 상담을 하는 동안 내가 아이의 상태를 놓쳤다면 어떻게 되었을지 아찔한 마음이 든다. 가족 봉합은커녕 아이 상태는 회복할 수 없을 지경까지 완전히 망가질 수 있었다.

들불처럼 확산하는 마약 사범과 정신병질자 문제는 더 묵과할 수 없는 큰 사회 아젠다로 떠올랐다. 이제는 길을 걸어가다 갑자기 조현병 환자가 휘두른 칼에 내가 목숨을 잃을 수 있다. 또 누군가 건넨 음료에 치명적인 마약이 들어있을 수도 있다. 아무도 신뢰할 수 없는 위험사회의 적나라한 단면이다. 성실하게 세금을 납부하며 사회와 가정에서 자신의 의무를 다하며 착실하게 살아가는 시민들이 왜 이런 위험에 노출되어야 하는지 안타깝기만 하다.

개인을 비웃고 손가락질하는 방식으로는 근본적인 문제 해결을 이룩할 수 없다. 현실에 뿌리를 둔 제도 개선과 주도면밀한 정책 설계로 그 구멍을 메워나가야 한다.

19. 믿기지 않았던 '방화 테러' 사건

때로는 믿고 싶지 않을 만큼 슬픈 일이 갑자기 찾아올 때가 있다. 불행은 정말 기습적으로, 한밤중에 몰래 찾아오는 도둑처럼 어느 날 조용히 들이닥친다.

내게는 2022년 6월 9일 대구 법조타운에서 발생한 변호사 사무실 방화 테러 사건이 그러했다. 그날 나는 가장 소중한 선배 중 한 분을 잃었다. 내게 공익 활동의 필요성을 일깨워준, 거인 같은 분이었다.

김규석 변호사님을 처음 만난 때는 개업 2년 차였던 2015년이다. 내가 대구지방변호사회에서 처음 맡은 회무는 '이주여성 및 외국인 노동자를 위한 특별위원회' 활동이었는데, 김 변호사님이 위원회 위원장을 맡고 계셨다.

김 변호사님은 성품이 온화하고 인덕이 높았다. 어쩌다 길에서 마주치면, 누구보다 환하게 함박웃음을 지어주시는 가슴 따뜻한 선배였다. 소송을 수행하면서 상대편으로 만났다고 해도, 서로의 마음에 생채기를 내지 않고 합리적으로 해결 방안을 찾는 법을 가르쳐주셨다. 업의 본질에 충실하면서도 품이 넉넉했던 것으로 기억한다.

변호사회 산하 위원회의 위원장 임기는 통상 2년이다. 김 변호사님은 연임을 해서 계속 이주여성 위원회 위원장을 역임하시는 동안에는 나도 꾸준히 위원회 활동에 참여했다. 보람도 있었고 긍지도 높았다. 그렇게 변호사의 사회 참여와 공익 활동의 중요성을 몸소 깨달을 수 있었다.

김 변호사님은 임기를 마치고 다시 대구지방변호사회에서 매년 출간하는 '형평과 정의'라는 회지 및 회보 특별위원회 위원장으로 자리를 옮겼다. 그때도 김 변호사님은 내게 함께할 것을 권유하셨다.

"최 변호사, 회지회보특별위원에 나랑 같이 가자."
"예, 알겠습니다."

서로에 대한 신뢰가 있었기 때문에 가타부타 긴 말이 필요 없었다. 나는 주저 없이 법조인으로서 귀감이 되어준 선배를 따라 위원회를 옮기기로 했다.

하지만 막상 회보 편집위원회로 옮기고 나니, 여러 가지 사정이 겹쳐 예전처럼 활발하게 참여하지 못했다. 그러다 보니, 나도 모르게 어느덧 발길이 뜸해지고 말았다. 가끔 오고 가면서 김 변호사님을 마주치면, 그분은 예의 환한 웃음을 지어주시며 "언제 한번 안 오나?"라며 내게 활동을 권유하셨다. 그럴 때마다 나도 멋쩍게 웃으며 그저 알겠다고만 답하고 계속 미뤄두었다.

그러다 마침 2022년 4월 회보 및 회지 편집위원회가 열렸다. 나는 이번 회보와 회지에 최대한 모든 것을 쏟아붓고, 그 뒤로는 그만두겠다는 생각으로 위원회에 참석했다. 당시에는 촉법소년 연령 하향과 처벌 강화가 사회 이슈로 떠오르고 있었다. 소년범 처우에 관심이 많았던 나는 마침 대구지법으로 발령이 나서 오게 된 '호통 판사' 천종호 부장판사님 인터뷰와 '유류분 제도'에 대한 연구논단을 기고하겠다고 말씀드렸다.

그리고 5월경 천종호 부장판사님께 연락을 드려 인터뷰 일정을 잡은 뒤, 위원장을 맡고 있던 김 변호사님께 문자 메시지로 보고했다. 그날은 변호사회에서 매년 개최하는 친선 골프대회 날이었다.

"내년에는 꼭 같이 오자!"
"알겠습니다. 진행하면서 보고드릴게요. 나이스샷 하십시오."

이렇게 메시지를 주고받은 뒤 불과 1주일 뒤인 목요일 아침. 나는 여느 때와 마찬가지로 출근해 오전 재판을 마치고, 동료 변호사들과 점심을 먹으러 가고 있었다. 그러다 법조타운의 한 건물에서 불길이 치솟았다는 소식을 듣게 되었다. 처음에는 국선변호사 사무실에서 불이 난 줄 알고, 소송 결과에 불만을 품은 어떤 몰지각한 의뢰인이 사고를 일으킨 것으로 짐작했다. 구체적인 사망자와 피해 규모는 언론을 통해서만 간간이 전해 들었다. 그런데 그날 저녁 연수원 동기 한 명이 혹시 방화 테러로 소천한 변호사님이 혹시 김규석 변호사님이 맞느냐고 연락이 왔다. 불길한 마음에 여기저기 수소문해보자, 아무래도 김 변호사님이 피해를 본 것 같다는 예감이 들었다. 그리고 자정 무렵, 김 변호사님이 세상을 떠났다는 사실이 확실해졌다.

정말 믿고 싶지 않았고, 믿기지도 않았다. 너무 황망한 나머지 눈물조차 나오지 않았다. 당장 다음날이 장례식이었는데, 좀처럼 발길이 떨어지지 않았다. 정작 내가 보고 싶은 분이 안 계시는데, 그걸 굳이 두 눈으로 다시 확인하고 싶지 않았던 것이다. 적지 않은 충격을 받아 간신히 부의만 드렸는데, 며칠 동안 공허한 마음이 가시질 않았다. 일주일 뒤에 김 변호사님 번호로 유족분들이 감사의 인사를 보내왔다. 그제야 김 변호사님이 하늘나라로 떠났다는 게 실감이 났다.

이후로는 회보에 싣기로 한 글에 손이 가지 않아 계속 묵혀두고 있었다. 기고문을 생각할 때마다 김 변호사님이 떠올랐기 때문이다.

하지만 이것이 선배님과의 마지막 약속이라는 생각에 계속해서 마음속 빚으로 남아있었다. 그래서 기왕에 인터뷰하는 거, 내용도 의미가 있으니 조금 더 널리 알리고 싶은 마음에 대한변호사협회장을 맡고 계신 이종엽 변호사님께 전화를 드렸다.

그러자 이 협회장님은 흔쾌히 허락하시며 한 걸음 더 나아가 아예 신문 인터뷰 기회를 마련해주셨다. 그리고 국회 세미나까지 주선해서, 나는 엉겁결에 소년범 처우 개선을 주제로 국회에서 발표까지 하게 되었다.

자꾸만 일이 커지는 것을 보면서, 내가 약속을 지킨 것을 기특하게 여긴 김 변호사님이 은혜를 베풀어주시는 것 같다는 느낌이 들었다. 그리고 소년범 처우 문제를 집요하게 파고들어 끝까지 해결을 봐야겠다는 의지도 불타올랐다.

어떤 전문직도 돈을 주고 자격사를 산다는 말을 하지 않는다. '의사를 산다', '회계사를 산다'는 말은 왠지 어색하다. 하지만 유독 변호사만큼은 '변호사를 산다'는 말을 자주 사용한다. 변호사는 사법 체계 안에서 당사자의 분쟁을 풀어가는 존재이다. 그리고 판사, 검사와 함께 법조 3륜으로 불리며 법치주의를 수호하는 역할을 맡는다. 물론 최종적인 판단은 법원이 하지만, 모든 사건은 변호사의 서면과 문제 제기에서 비롯된다. 따라서 변호사는 법의 지배(rule of law)를 확산하고, 올바른 입법이 이뤄질 수 있는 근간을 형성한다.

　하지만 최근에는 변호사를 '내 문제를 해결하기 위해 돈을 주고 산 용병' 정도로 취급하며, 함부로 대할 때가 만다. 이런 생각이 널리 퍼진 배경에는 법조인의 소명을 저버린 일부 변호사들의 성과만능주의와, 이를 방관한 법조계의 잘못도 있다고 본다. 그런 인식이 바탕이 되어 끝끝내 폭발한 것이 바로 방화 테러 사건이다. 소송 결과가 마음에 들지 않는다고, 상대방 변호사를 찾아가 해악을 끼치겠다는 발상이 어디서 기원했겠나.

　나는 그날 너무나 소중한 선배 한 분을 잃었다. 그리고 그 일이 지난 후 1년도 채 지나기 전에 나도 의뢰인 중 한 명에게 심각한 협박을 당했다. 그 의뢰인은 나뿐만 아니라 어머니가 살고 있는 곳까지 찾아가 위협적인 행동을 가했다. 이제는 변호사에 대한 협박과 위해가 일상화된 것 같아 마음이 좋지 않았다. 사법 체계를 신뢰하지 않으면, 법치주의는 뿌리를 내릴 수 없다. 모두가 자기 내키는 대로, 감정대로 행동하면 야만과 폭력의 시대로 되돌아갈 뿐이다.

　더 이상 가만히 있어서는 안 되겠다는 생각이 들어 한국여성변호사회의 단체 메시지 방에 내가 겪은 피해 사례를 직접 공유했다. 그리고 유사한 피해를 본 변호사가 있다면 사례를 제보해달라고 요청했다. 그러자 수많은 피해 사례가 쏟아졌다. 내가 당한 것은 피해 축에도 끼지 못할 만큼 변호사들은 수많은 위험에 노출되어 있었다. 나는 관련 내용을 토대로 변호사의 안전을 반드시 지켜달라는 영상을 제작해 2023년 9월 열린 대한변호사협회 '변호사대회'에서 발표했다. 그리고 정확한 실태조사와 함께 제도 개선을 촉구했다.

변호사는 공인이고, 사무소 운영도 해야 한다. 따라서 이런 협박을 받으면, 문제를 수면 위로 끄집어내기보다는 조용히 해결하려고 하는 경향이 강하다. 하지만 이제는 침묵만으로 부족한 시대가 되어버렸다. 분별없는 반(反) 법치주의에는 단호하게 대처할 필요가 있다.

20. 명성황후와 다과상

2023년 10월, 대법원은 국내 절도단이 대마도에서 훔쳐 우리나라로 밀반입한 고려 시대 금동관음보살좌상의 소유권이 일본 관음사에 있다고 최종 판결했다. 대법원의 확정판결로 이제 고려 불상은 일본으로 돌아가게 되었지만, 찬반으로 극명하게 나뉜 국내 여론은 좀처럼 봉합되지 않는 모양새다.

불상에서 나온 복장유물*에 따르면 금동관음보살좌상은 고려 충숙왕 17년(1330년)에 만들어져 지금의 충북 서산 부석사에 봉헌됐다. 이것은 누구도 부인할 수 없는 역사적 사실이다. 하지만 어떠한 경로로 일본에 넘어가게 됐는지는 정확하게 알 수 없다. 다만 『고려사』에 따르면, 1352~1381년에 지금의 서산 지역인 서주(瑞州)에 왜구가 다섯 차례 출몰하여 노략질을 했다는 기록이 남아있다. 또 일본 관음사의 연혁 약사에는 1526년에 해당 불상이 절에 존재했다는 기록이 있

---

*　　불상을 만들 때 가슴 안쪽에 넣는 유물.

어 학계에서는 고려 말 왜구가 약탈해간 것으로 추정하고 있다. 실제로 고려 불상은 불에 그을린 흔적 등이 남아있어 일본으로 넘어간 경위가 순탄치 않았음을 암시하고 있다.

이 불상은 지난했던 과거 한국과 일본의 관계를 상징적으로 보여주고 있다. 두 나라는 불행한 과거사를 안고 있다. 굳이 고려 시대로 거슬러 올라가지 않더라도, 지난 세기 초에 겪은 36년간의 일제강점기는 우리 국민에게 씻을 수 없는 치욕과 막대한 인적·물적 피해를 안겨주었다. 아직까지 일본군 성노예 피해자와 강제징용 피해자에 대한 보상 문제가 완전하게 해결되지 않은 상황이다.

문제는 지금부터다. 뒷 물결이 앞 물결을 밀어내듯, 해방 이후 두 세대가 지났다. 그사이 강산은 7번이나 바뀔 만큼 많은 시간이 흘렀다. 한 민족이 다른 민족을 총칼로 억누르고 지배하던 파시즘과 제국주의는 이제 실효성을 상실한 상태다.

세계 문명이 발전을 거듭하고, 다자 무역을 통해 경제와 정치 분야에서 상호 긴밀하게 의존하고 있는 현 상황에서, 일본이 갑자기 군대를 동원해 한반도를 침략하고 다시 식민정부를 세운다는 생각은 철 지난 망상에 지나지 않는다. 물론 서해와 동해안에 왜구가 출몰하는 일도 없다.

한일 양국의 새로운 세대 앞에는 두 가지 선택지가 놓여있다. 증오와 반목을 거듭하는 구태한 역사를 다시 반복하느냐, 아니면 평화와 협력의 새 시대를 열어갈 것이냐.

물론 지나간 역사가 중요하지 않다는 건 아니다. 하지만 과거사에 얽매여 서로를 적대하고 관계를 단절하는 게 능사는 아니다. 어떻게든 소통의 물꼬를 터야 화해를 하든, 사과를 받든 더 나은 미래를 건설할 기회가 생긴다. 일어난 일은 일어난 일일 뿐이다. 돌이킬 수 없다.

프랑스와 독일, 이탈리아의 과거사도 서로의 피로 얼룩져 있다. 유럽 국가들은 수 세기에 걸쳐 훨씬 더 잔인한 폭력과 피비린낸 나는 전쟁을 치렀다. 우리나라와 일본보다 심하면 심했지, 결코 못 하지는 않을 것이다. 하지만 이들도 경제와 안보를 위해 손을 맞잡고 하나의 EU 공동체 아래 모였다.

이웃 나라와 다툼 한번 없었던 국가는 존재하지 않는다. 하지만 화평과 협력을 통해 서로 공동 번영을 구가했던 사례와 시대도 분명 있다. 선조들이 피땀 흘려 일구고, 지켜낸 대한민국은 앞으로도 영속되어야 한다.

그런데 젊은 세대에게 해묵은 혐오 감정을 주입시켜 발목을 잡는 일은 없어야 한다. 증오를 대물림하여 양국의 미래 세대가, 경험하지도 않은 피해 의식을 자꾸 학습해 내재화하면, 두 나라 관계는 단 한 발자국도 앞으로 내딛지 못하고 점차 퇴보할 뿐이다.

나는 한국인으로서, 그리고 여성으로서 일제 강점기에 일본군 성노예로 끌려가 모진 고초를 당한 우리네 할머니들의 삶을 진심으로 안타깝게 생각한다. 일제 강점기에 어떠한 경로로든 피해를 본 우리 할머니, 할아버지들의 삶을 외면하거나 등한시하지도 않는다. 하지만 모든 세대는 그 세대만의 짐을 짊어지게 되어 있다. 지금의 2030 세대가 떠안은 짐은 불우한 과거사 청산이다. 전쟁과 독재를 경험하지 않고, 경제 성장과 평화의 수혜를 입은 한일 양국의 2030 세대는 오랜 구원(舊怨)을 씻고 밝은 미래를 열어갈 수 있는 열쇠를 쥐고 있다. 이들이 어떻게 행동하느냐에 따라 악업의 굴레에서 벗어나 새로운 인연을 창출해 나갈 수 있고, 또다시 '학습된 증오'로 서로를 미워하며 발목을 잡을 수도 있다. 우리는 이제 어떤 선택을 해야 하는가.

일제강점기 대구에 살던 일본인 실업가 오구라 다케노스케(小倉武之助, 1870~1964)는 1920년대부터 국내 문화재를 광범위하게 수집했다. 일제 패망 이후에는 수많은 유물을 일본으로 가져갔는데, 사후 그가 남긴 유물 1,100여 점이 도쿄 국립박물관에 기증되었다. '오구라 컬렉션'이라 불린 이 유물을 둘러싸고 국내에서도 반환 논의가 일었다. 이에 많은 시민단체가 일본 법원에 반환소송을 냈으나, 줄줄이 패소했다. 2019년 국회는 오구라 컬렉션 반환 촉구 결의안을 통과하기도 했다.

제국주의 시절 약탈해간 문화재는 원적 국가에 반환하는 것이 인류 보편의 상식에 합치한다. 실정법과 보유국의 이기심으로 아직 반환이 이뤄진 사례는 많이 없지만, 누구도 문화재 반환의 당위성을 부인하기는 어려울 것이다.

내가 소속되어 있는 대구지방변호사회는 일본 히로시마 변호사회와 결연을 맺고 매년 방문 교류를 이어오고 있다. 나도 2023년 11월 일본 히로시마를 방문해 국제 교류 세미나에 참석했다.

마침 약탈 문화재 반환 논의가 교류회의 주제로 선정됐다. 그때 나는 풍혈반이라 불리는 명성황후의 다과상(주칠 12각 다과상)이 오구라 컬렉션에 포함돼 있다는 사실을 알았다. 그런데 다과상 사진을 보는 순간 이상하게 몸에서 전율이 일었다.

'명성황후 풍혈반을 돌려받아서 양국의 화해 증표로 삼으면 어떨까?'

명성황후 시해 사건은 대한제국 시절 일어난 가장 비극적 사건이다. 일본 낭인들이 한밤중에 궁궐을 습격해 일국의 황후를 죽인 패악

무도한 난동이었다. 어떤 방식으로든 다과상을 돌려받아 한 맺힌 역사를 매듭짓고, 두 나라 사이에 더는 이와 같은 일이 발생하지 않도록 해야겠다는 책임감이 들었다. 오구라 컬렉션이 대부분 내가 살고 있는 대구에서 수집됐다는 사실도 우연처럼 느껴지지 않았다.

귀국 후에도 이러한 마음이 좀처럼 사그라지지 않았다. 계속 마음속에 울림이 남아있었다. 나는 오구라 컬렉션의 목록을 꼼꼼히 살펴봤다. 그리고 법률가로서, 그리고 대한민국 국민으로서 무언가 해야겠다고 결심했다. 시민사회와 법률가 단체를 통해 어떤 방식으로든 다과상을 반환받을 계획이다. 어쩌면 중학교 시절에 간신히 티켓값을 구해 뮤지컬 「명성황후」를 본 이유가 다 이때를 위함이 아니었을지 누가 알겠는가.

뜻이 있는 곳에 길이 있다.

Go Together - 함께 잘사는 사회를 위하여

나는 경북 구미초등학교를 졸업했다. 박정희 전 대통령의 모교이다. 이러한 배경 때문인지는 몰라도 초등학교 시절 선생님들에게 우리나라가 어떻게 가난을 극복했는지 전설 같은 무용담을 귀에 못이 박히도록 들으며 자랐다. 꽤 어렸던 시기였지만 당시에도 감명을 받았던 내용 중 하나가 '새마을 운동'이다.

새벽종이 울렸네, 새 아침이 밝았네.
너도나도 일어나 새 마을을 가꾸세.
살기 좋은 내 마을 우리 힘으로 만드세.

일제 36년간의 수탈과 차별, 그리고 같은 민족끼리 벌인 비극적인 전란으로 전 국토는 초토화됐다. 당시 우리나라는 캐어 먹을 풀뿌리조차 남지 않았던 절대 빈곤의 상황에 놓여있었다.

1955년 10월 유엔한국재건단(UNKRA)에 참여한 인도의 벤가릴

메논(Menon, Veengalil Krishnan Krishna) 위원은 "한국에서 경제 재건을 기대하는 것은 쓰레기통에서 장미가 피는 것을 바라는 것과 같다"는 냉혹한 평가를 남겼다.

하지만 우리 국민은 불과 50년 만에 세계 10위권의 경제 대국을 건설하는 기염을 토했다. 독일이나 일본처럼 어느 정도 탄탄한 사회 기반이 존재했다가 전쟁으로 패망한 나라들과는 다르다. 정말 빈주먹에서 일궈낸, 무에서 유를 창조한 결과였다.

경제 성장은 부인할 수 없는 산업화 세대의 업적이다. 그리고 그 배경에는 '함께 잘 살아보자'는 새마을 운동이 있었다고 본다. 한강의 기적은 하루아침에 이뤄진 게 아니다. 지긋지긋한 가난에서 벗어나고자, 온 국민이 죽기 살기로 달려들어 투쟁하듯 얻어낸 값진 성과이다. 나를 비롯한 작금의 세대는 우리의 조부모와 부모 세대가 흘린 피땀 어린 수고의 결실을 누리고 사는 셈이다. 이 점에 대해서는 지금도 마음 깊이 감사하고 있다.

그런데 어느 순간부터 우리 사회가 변하기 시작했다. '함께 잘 살아보자'는 끈끈한 연대와 공동체 의식이 사라지고, 점점 개인주의를 넘어 극심한 이기주의가 만연하기 시작했다. 이제는 빈곤에서 벗어나 충분히 먹고살 만한 사회를 이룩했는데도, 약자와 소외된 이웃에 대해서는 과거보다 더한 무관심과 냉소로 일관하고 있다.

우리나라가 이렇게 이기적으로 돌변한 이유를 분석하면 얽히고 설킨 복잡한 원인들이 쏟아져 나올 것이다. 하지만 나는 사회 곳곳에서 '공정'이라는 요소가 사라지고 있다는 점에 주목한다. 개인이 자신의 노력으로 주변 환경과 어려움을 극복하기 위해서는 반드시 제도적 공정함이 뒷받침되어야 한다.

앞서 이야기했듯이 나는 유년과 학창 시절에 최악의 상황에 놓여 있었다. 무책임한 생부는 일찌감치 가정을 버리고 떠났다. 덕분에 나는 친척 집을 전전하며 눈칫밥을 얻어먹으며 자랐다. 학창 시절에는 찬바람이 그대로 들어오는 옥탑방에 살면서 쌀 한 톨 남지 않은 밥솥을 붙들고 끼니 걱정을 하기도 했다. 비행 청소년들과 어울리며 가출과 일탈을 저질렀으며, 선생님과 어른들에게 가난하고 힘이 없다고, 또 여자라는 이유로 구박을 받는 게 일상이었다.

하지만 나는 이 같은 환경을 벗어나기 위해 끊임없이 분투했다. 그리고 사회적 공정함의 산물인 사법시험을 통해 인생 역전의 기회를 마련하는 데 성공했다.

인생은 원래 불공평하다. 재벌 집 자제와 나는 당연히 출발선이 다를 수밖에 없다. 하지만 노력 여하에 따라 결과는 공정할 수 있다.

공정함에 대한 신뢰가 있다면, 사람들은 시키지 않아도 최선을 다해 노력한다. 공정이야말로 사회의 건전성을 유지하는 필수 요소다.

따라서 법과 제도는 정당한 노력에 따른 공정한 결과를 개인들에게 보장해줘야 한다. 이것이 사회 정의다. 아무 노력도 하지 않고 남들과 똑같은 결과를 바라선 안 된다.

돈으로 명문대에 입학하고, 인맥으로 자격증을 사고, 돈으로 매관매직(賣官賣職)하는 게 용인되면 전근대적 계급사회로 전락하게 된다. 어떤 경우에도 국가는 공정함이라는 요소를 보장해야 한다. 하지만 최근에는 너도나도 이기심이 팽배해져 이러한 공정함이 사라지는 추세이다. '나만 잘살면 되지'라는 마음이 사회 계층의 이동을 막아버리는 셈이다.

모든 봉기와 혁명은 최소한의 희망조차 빼앗겼을 때 일어났다. 빈익빈 부익부가 극대화되고, 공동체에서 아무런 공정함을 기대하기 어렵다고 생각할 때 사회는 뒤집힌다. 나는 우리나라도 그렇게 변해갈까 봐 두렵다.

우리나라는 자유민주주의와 법치주의의 두 기둥으로 버티고 있다. 이를 토대로 세계 어느 국가와 비교해도 손색없는 안전한 치안을 유지해왔다. 여성이 혼자 술을 마시고 밤늦게 걸어가도 안전한 나라가 몇이나 되겠는가.

그런데 그러한 준법의식도 나날이 희박해지고 있다. 여기저기 반칙과 편법이 횡행하고, 한탕주의와 뒤섞인 경제 범죄가 급증하고 있다. 나도 일주일에 몇 통씩 수사기관과 주변 지인을 사칭하는 보이스피싱 전화를 받는다.

이와 함께 사회의 안전도 지속적으로 위협받고 있다. 이제는 길을 걷다 누군가 휘두른 칼에 맞지는 않을지 걱정해야 하는 지경에 이르렀다. 이 같은 반사회적 범죄가 급증한 배경에는 공정의 가치가 점차 사라져 사람들이 극심한 박탈감에 시달리기 때문이라고 본다. 사회 약자를 무시하고 외면하며, 남을 억누르고 자기만 잘살려 하면 차츰 사회 밑바닥에 분노가 쌓이게 된다. 급기야 홀대받던 사람들이 억눌린 분노를 참지 못하고 누군가에 무차별 표출하는 상황으로 나아간다. 당장 온라인과 SNS 공간을 살펴봐도 온통 혐오와 빈정거림으로 가득하다. 대부분 남을 힐뜯고 욕하는 내용이다. 분노와 억울함 때문에 사회가 동맥경화에 빠졌다고 봐도 무방하다.

놀라울 정도로 이기적으로 변하는 우리 사회를 보면서 10년 후나 20년 후가 걱정되기 시작했다. 나는 요행히도 공정한 세상의 막차를 타고 고군분투한 끝에 여기까지 성장할 수 있었다. 하지만 지금의 2030 세대는 내가 경험하지 못한 또 다른 절벽과 마주하고 있다. 기

득권 사회 만들어놓은 불공정과 반칙 때문에 젊은 세대가 폭발하지 않도록 지금이라도 함께 머리를 맞대야 한다.

　내가 돈이 되지 않는 공익 사건과 법률구조 사건을 자청해서 맡는 이유도 이 같은 맥락과 닿아있다. 나 또한 뼈에 사무칠 정도로 사회에서 멸시를 받았기 때문에, 그러한 사건을 보면 좀처럼 외면할 수 없다. 그리고 무엇보다 함께 잘사는 사회를 만드는 데 일조하려는 마음이 크다. 모두가 잘사는 사회야말로, 나를 위한 최선의 선택이기도 하다.

　누군가에게는 나의 삶마저도 사치처럼 느껴질 수도 있다. 어쩌면 공부라는 재능을 가졌고, 이를 빛낼 수 있는 어머니의 희생이 있었고, 그 기회를 놓치지 않고 획득할 수 있었던 모든 과정이 천운(天運)이고 아무나 갖지 못하는 것이라 생각할 수도 있다. 그러나 거듭 이야기하건대 나는 내게 주어진 환경과 자리에서 스스로 삶을 바꾸고자 매 순간 최선을 다해 죽을 힘을 다해 버티며 달려왔다. 그리고 그 성과로 현재에 이르렀다. 나의 재능은 공부였으나, 사람들은 저마다 각자의 소질과 재능을 타고나게 마련이다. 그러므로 자신의 재능을 펼칠 노력도 제대로 하지 않은 채 환경과 사회를 탓하는 데 유한한 청춘을 허비할 것이 아니라 그 시간에 한 번쯤은 최선을 다해 스스로를 구원하는 데 매진해보기를 바란다. 나는 그렇게 나의 인생을 바꾸었고, 과거를 잊지 않으며 과거의 나에게 선한 영향력을 펼치려 지금도 열심히 살아가고 있다. 내가 특별한 사람이어서가 아니라 누구나 더 나은 삶을 살 수 있는 가능성을 가지고 있다. 그렇기에 이 책을 읽는 모든 사람들이 어차피 태어난 인생, 한 번쯤은 최선을 다해 매진한다면 나처럼 더 나은 인생을 살고, 세상에 좋은 영향력을 펼칠 수 있다고 믿는다.

나는 법조인이다. 20대에는 법률과 정치학, 그리고 형사정책을 배웠다. 30대에는 변호사로서 우리 사법체계의 일부가 되어 2,000건에 가까운 사건을 수행했다. 그 과정에서 수많은 제도적 모순과 입법의 미비를 발견했다. 이를 그대로 놓아둘 수 없다. 구성원 모두가 힘을 합쳐 구멍을 하나씩 메워나가야 한다. 나도 잘살고, 내 친구도 잘사는 사회. 우리 동네도 잘살고, 옆 동네도 잘사는 그런 사회를 꿈꾸며 나도 한 걸음씩 나아갈 생각이다.

함께 잘사는 사회를 만들기 위해,
나는 묵묵하지만 최선을 다해 달려갈 것이다.

어차피 태어난 거, 한 번쯤은

초판 1쇄 발행 2023년 12월 28일
초판 2쇄 발행 2024년 03월 08일

지은이 최주희
펴낸이 류태연

펴낸곳 렛츠북
주소 서울시 마포구 양화로11길 42, 3층(서교동)
등록 2015년 05월 15일 제2018-000065호
전화 070-4786-4823 ┃ **팩스** 070-7610-2823
홈페이지 http://www.letsbook21.co.kr ┃ **이메일** letsbook2@naver.com
블로그 https://blog.naver.com/letsbook2 ┃ **인스타그램** @letsbook2

ISBN 979-11-6054-677-4 03810